TODOS FUERON
CULPABLES

La historia de una niña
inmigrante violada y asesinada
en Carrizal Bajo

LILIAN OLIVARES DE LA BARRA

EDICIONES UC

TODOS FUERON
CULPABLES

EDICIONES UNIVERSIDAD CATÓLICA DE CHILE
Vicerrectoría de Comunicaciones y Educación Continua
Alameda 390, Santiago, Chile

editorialedicionesuc@uc.cl
www.ediciones.uc.cl

Todos fueron culpables. La historia de una niña inmigrante
violada y asesinada en Carrizal Bajo.

Lilian Olivares De la Barra

© Inscripción N° 247.516
Derechos reservados
Noviembre 2014
ISBN 978-956-14-1484-6

Diseño:
versión | producciones gráficas ltda.

Fotografía:
Alex Fuentes Catrin (afuentes@agenciastock.com)

CIP-Pontificia Universidad Católica de Chile

Olivares, Lilian.
Todos fueron culpables / [Lilian Olivares de la Barra].
237 p. : il.

Incluye bibliografía.

1. Abuso sexual infantil - Chile.
2. Derechos del niño - Chile.
3. Inmigrantes - Chile - Condiciones sociales.
I. t.

2014   362.760983+DDC23   RCAA2

TODOS FUERON
CULPABLES

La historia de una niña inmigrante
violada y asesinada en Carrizal Bajo

LILIAN OLIVARES DE LA BARRA

EDICIONES UC

ÍNDICE

PRÓLOGO

Hubo una vez en el norte de Chile una niña boliviana llamada Paola. Digo boliviana porque es posible que, si no hubiera tenido esa nacionalidad, si no hubiera sido inmigrante, no le hubiera ocurrido lo que le sucedió.

Paola Pacajes Canqui.

La primera vez que el abogado Ramón Suárez me habló de ella, me dijo que era una cenicienta a la que nunca le calzó el zapato. Y esa frase que me siguió rondando se hizo carne cuando, a pedido de la Fundación Amparo y Justicia, me dediqué a averiguar su vida desde el día en que su madre, la entrañable Mery Canqui, cruzó la frontera vestida como las típicas mujeres aimaras en busca de mejores horizontes en el norte y formó familia con Simón Pacajes, boliviano como ella.

Fundación Amparo y Justicia, que dirige Ramón Suárez, supo de la existencia de Paola cuando la Unidad Regional de Atención a Víctimas y Testigos (URAVIT) de Copiapó recurrió a esa entidad en busca de ayuda. Fue a mediados del año 2011.

En julio de 2013, la institución me invitó a escribir un libro sobre esta historia. Los numerosos casos de abusos sexuales a menores de edad que se conocían a través de la prensa habían sensibilizado a la opinión pública y puesto el tema en la agenda-país. Pero ninguno de ellos revelaba el rostro más oscuro de la infancia negada, esa que intenta amparar la Fundación, como el que me tocó conocer a través de este encargo.

Se trata de un fenómeno que está surgiendo especialmente en las zonas mineras, donde llegan centenares de extranjeros humildes en busca de plata rápida. Son gente joven, que tiene hijos y que, por satisfacer la necesidad vital de alimentarlos, se ven obligados a dejarlos al cuidado de extraños y finalmente terminan en la vagancia. Esos niños hijos de inmigrantes están palpando los peligros de la calle y el abuso por su condición de afuerinos.

Le pasó a Paola y aún peor.

Este libro cuenta la historia de una niña abusada no sólo por la vida de calle, sino por las propias instituciones destinadas a brindarle protección a la infancia. Por momentos se puede leer como una novela. En algunos pasajes puede parecer un cuento policial donde se busca al culpable. Pero, finalmente, termina siendo un reportaje-denuncia contra los servicios dependientes de SENAME, los tribunales de familia, incluyendo a los jueces, curadores *ad litem* y sus consejeros técnicos, las autoridades y todos quienes permitieron que sucediera lo que le ocurrió a Paola.

Recorrí Copiapó, Carrizal Bajo, Vallenar, La Serena y Santiago en busca de los hilos de esta trama. Compartí momentos familiares inolvidables con los Pacajes Canqui, de alegrías y de penas insondables.

Me estremecí con el relato de una asistente social que logró levantar el velo de algunos de los secretos de Paola y que siente la impotencia de no haber hecho más. Quedé admirada con la honestidad profesional de una jueza que hizo un descarnado *mea culpa*, dejando en evidencia no sólo sus errores, sino que también las increíbles negligencias que se cometen en un sistema judicial de familia que urge rectificar.

Y conocí al asesino. Y a la cuidadora de Paola. Y a la anciana que compartía con ella la habitación cuando en Carrizal Bajo ocurrió la tragedia.

Lo que hay en este escrito no hubiera sido posible sin la generosa colaboración del equipo de profesionales y asistentes de Amparo y Justicia, que puso a mi disposición todos sus conocimientos, tiempo, archivos y apoyo logístico para que tomara forma la historia de Paola.

Agradezco a la Fundación la oportunidad que me dio de escribir para revelar lo que nunca se atrevió a decir la niña boliviana.

Lilian Olivares de la Barra

CAPÍTULO 1

TAMBO QUEMADO

Todo terminó en Carrizal Bajo.

Mery Canqui no estuvo ahí. No conoció hasta entonces esa caleta de pescadores ubicada a tres horas de Copiapó, donde las aguas calmas y cristalinas no se condicen con el extraño letrero que alguien colocó al llegar al lugar donde suelen ir los vallenarinos de veraneo: "Cuidado con el cuco".

Paola, su hija, pasó dos veranos en Carrizal Bajo. Todavía la recuerdan el dueño de la botillería de la esquina, donde compraba fósforos, el del almacén de la vuelta, donde iba a buscar el pan, y la alcaldesa de Mar, encargada de velar por el cumplimiento de la normativa marítima.

Apenas alcanzaba, empinada, el mesón del almacén.

La veían, también, en la improvisada tienda que instalaba cada verano doña Leo, su cuidadora, en la esquina de las calles Errázuriz con Freire, frente a la cancha de fútbol. Ahí ayudaba a doña Leo a vender su mercadería, ropa que traía de la ciudad, verdura y papas fritas. Y en la casa del lado, la pintada de amarillo, estaba la abuela. Paola dormía en la pieza de la abuela, la madre de doña Leo, separadas sus camas por un pequeño velador.

Si uno caminaba en dirección al Pacífico, por Freire, llegaba a la caleta. No eran más de cuatro cuadras. Pero nunca nadie vio a Paola jugando en la playa. La niña boliviana, de ocho años, tenía otras ocupaciones.

Mery Canqui nunca estuvo ahí. Aunque después que pasó aquello que dio origen a esta historia, una tarde de angustia como tantas que siguieron después de los hechos, Mery vio a su hija en la playa de Carrizal Bajo.

No había pasado más de una semana. Estaba esa tarde en la cocina de su casa en Copiapó, terminando de lavar unos platos, cuando pensaba y volvía a pensar que las cosas no podían haber sido como le dijeron. De repente, se sintió traspuesta y entró en una especie de sopor. Se escuchó diciendo:

—Paola, Paolita, hija, dime qué te pasó.

Y entonces la vio en la playa, en Carrizal Bajo, desnuda a la orilla del mar. Tenía sangre en el cuerpo. Su niña, su pequeña Paolita.

—¡Dime quién fue!

Volvió a escucharse a sí misma.

Al día siguiente, en la feria, casi se estrelló con un hombre y supo que era él.

* * *

Tres horas y 22 minutos separan a Arica de Tambo Quemado. En esa localidad boliviana, fronteriza con Chile, nació Mery Canqui Atahuichi el 18 de abril de 1973.

Su padre se llamaba Gerónimo, como el legendario jefe apache de Norteamérica. Y por apellido llevaba Canqui, que, en su lengua materna, significa "el que supera a todos, el vencedor".

A Gerónimo, el apache que nació en la frontera entre Estados Unidos y México, le asesinaron a su mujer, a sus tres hijos y a su madre en 1859.

A Mery, la aimara hija del boliviano Gerónimo Canqui, que nació en la frontera de Bolivia con Chile, le violaron, quemaron y asesinaron a su hija Paola en 2011.

Mery Canqui creció corriendo detrás de las ovejas. Aprendió que con sólo decir *ishhhh!* los animales daban vuelta y regresaban. Pero eso no lo lograba cualquiera. Había que tener experiencia. Ella la tuvo desde los cuatro años. Es que a esa edad le comenzaron a dar unos ataques de epilepsia y los padres decidieron no mandarla al colegio y dejarla pastoreando. La cuarta de los ocho hermanos Canqui Atahuichi tenía otro destino que cumplir.

Fue la única a quien su madre dio a luz en Tambo Quemado, porque se embarazó en Arica y cuando pensó que llegaba la hora partió en bus a El Turco, la localidad donde vivía la familia boliviana, pero no alcanzó a llegar.

En el altiplano, Mery creció imbuida en la cultura de sus ancestros, los aimaras, habitando un mundo mágico en que se mezcla lo humano con la naturaleza, donde actúan espíritus que hacen que las cosas sean como son. Cada 20 de junio se ponía pollera nueva larga, la tradicional manta que caía apenas sobre los hombros, atada al centro del cuello, y celebraba el comienzo de un nuevo ciclo en el año, con bailes folklóricos y un ritual que apenas entendía. Eran los agradecimientos a la pachamama, la madre tierra, y los ruegos para que la etapa que comenzaba, el invierno, les trajera prosperidad.

La familia tuvo casa en el pueblo, donde a diario pasaban los camiones de Bolivia a Chile y de Chile a Bolivia.

Temprano en la mañana, la mamá la levantaba y la mandaba al ganado. Mery sacaba las ovejas al cerro, las hacía comer pasto, después les decía su mágico *ishhhhh!* y las regresaba.

Vivir en un paso fronterizo, a 4.680 metros sobre el nivel del mar, no es trivial. En los años 90, cuando Mery se empinaba en la juventud, no había más de 20 casas en Tambo Quemado. En 2007, la población era de 338 habitantes; 179 hombres y 159 mujeres.

Mery veía a diario pasar camiones cargados de mercadería entre Arica y La Paz, y también sabía que mucha gente de ahí del pueblo se dedicaba a cruzar la frontera en buses, para comercializar productos, como lo hacían sus propios padres.

Pero Mery rara vez salía. Cuando no estaba en tareas de pastoreo, se quedaba en ese pueblo donde el frío le golpeaba las mejillas. Por eso andaba como las otras bolivianas de la zona, aimaras como ella, vestida con gruesas y anchas polleras largas, y peinada con trenza.

A los 20 años se puso a trabajar como ayudante de cocina. Aprendió a hacer asado a la olla, para los tantos viajeros que cruzaban desde Chile rumbo a La Paz.

En 1996, recién cumplidos los 23 años, llegó a Arica. Venía con ganado, y traía ropa de Bolivia. También, maíz pululo (ese que se consume inflado, como golosina), quínoa y fideos para vender en el lado chileno. Entregaba estos productos a distintos almacenes.

Tiempo después se topó con un niño.

—Tengo celulares —le dijo el chico.

Ella los miró, le pareció que ante sus ojos tenía un buen negocio, que le permitiría juntar plata para comprar más mercadería y, en una de esas, su destino podía cambiar.

Le compró 40 celulares. Por un momento alcanzó a imaginarse en una tienda probándose un lindo vestido. Hacía mucho calor en Arica, y ese atuendo que traía de Tambo Quemado, que todas las mujeres de su tierra vestían, le hacía sentir que esta ciudad chilena era un horno.

Empezó por lo más práctico. Llamaría a su casa en Tambo Quemado y aprovecharía de probar la mercancía recién adquirida.

Desempaquetó uno de los aparatos y justo en ese momento la Paola, la pequeña de dos años que llevaba a sus espaldas, protegida en su manto, se puso a llorar… como si hubiera presentido algo, reflexionó Mery con el tiempo. Es que Paola siempre fue una niña diferente. Fruto de una relación efímera, nació, igual que Mery, en Tambo Quemado. No fue en una maternidad, sino en la misma casa, en un parto natural, donde la asistieron una prima y una enfermera.

Lloraba Paola, mientras Mery acababa de advertir: la habían estafado.

El niño-estafador nunca regresó.

Mery se fue a sentar en uno de los bancos de la Plaza de Armas de Arica. Ahí estuvo como tres horas, pensando qué iba a hacer mientras, acurrucada en su espalda, su hija dormía con el estómago vacío.

EL DÍA EN QUE MERY CONOCIÓ A SIMÓN

Mery no iba a esperar que llegara la noche en la plaza. De eso sí estaba segura. Partió a alojar donde una prima. Al día siguiente compró fruta para ir a vender a Bolivia: manzanas y uva. También llevó unos yogures a Tambo Quemado. No le alcanzaba para más.

Siguió yendo y viniendo, hasta que en una ocasión, como tantas otras, fue al terminal de buses de Arica y se le cruzó en la vida un hombre llamado Simón.

Esa tarde en el terminal ella andaba con una amiga que había sido compañera de escuela de Simón. Hizo las presentaciones y Mery lo observó de reojo. Era flaco el Simón. Miraba distinto, como con dulzura, y cuando sonreía tenía una sonrisa de pena, pensó Mery. Era de Curahuara de Caranga, donde la iglesia tiene techo de totora, una localidad que está a no más de 15 kilómetros de Tambo y allá nunca se vieron.

Se pusieron casi juntos en la fila. En eso estaban cuando alguien advirtió que ya no había pasajes. Quiso el destino que ninguno pudiera viajar. Se quedaron conversando. Él le contó de un desengaño amoroso; ella le habló de la vez que la estafaron.

Simón la vio grande y segura. Se fijó en que no tenía la tez oscura de sus coterráneas, sino un poco más clara, quizás dorada, en su tono moreno por el frío contra el sol. Tampoco su pelo largo era negro como la noche. Había alguna luz especial en ella. Si le preguntan qué le llamó la atención, dirá que la encontró franca. Decía las cosas como son. "Tengo mis hijos", le advirtió el primer día con su voz algo ronca y su maciza presencia. Y luego, a la semana siguiente era el "18 chico" y él la invitó a bailar y ella le aceptó y al tiro le planteó: "Si quiere que vivamos juntos, será con mis hijos".

A los pocos días ya estaban viviendo juntos, con Paola. Sus otros dos hijos mayores, Carlos y Mariela, permanecían en Bolivia.

Ambos fueron fruto de otra relación de Mery; su primer amor. Tenía 17 años cuando conoció a Julián. Pololearon casi 12 meses. Vivieron juntos durante tres años. Primero nació Carlos. Luego se quedó esperando a Mariela.

—Cuando cumplí 22, él se fue con otra. Me dejó cuando la Mariela estaba en la guata.

Mariela nació en 1995, cuando su hermano Carlos tenía tres años. Mery cargó con su destino. Se quedó cuidando a los hijos, mientras su madre le decía: "¿Cómo vas a trabajar, si tienes que criar?".

En 1996 empezó a viajar a Arica para dedicarse al comercio. Cuando Mery conoció a Simón, Mariela tenía ocho y Carlos, 11. Paola había cumplido dos años y seguía protegida en su manta.

Paola…

¿Quién fue el padre biológico de Paola? Durante mucho tiempo, los hijos de Mery pensaron que era Simón Santos Pacajes Quispe, el boliviano que Mery conoció en el terminal de buses en Arica, como si estuviera predestinado. Pero no. Al enamorarse de Mery, Simón se hizo cargo de Paola. Simón, el del pueblo de la iglesia con techo de totora, el que lleva Santos por segundo nombre. El que tiene apellido de linaje.

Los "Pacajes" tenían el reino aimara que dominó el territorio situado al sureste del lago Titicaca posterior a la caída de la cultura de Tiahuanaco.

Simón Pacajes, como Mery, también tuvo una pareja anterior, de la que nació su hija Karen. Con ellas llegó a vivir a Arica cuando la niña tenía un año y medio. Simón conocía bien la ciudad. Desde chiquillo iba y venía. A los 15 años partía a pastar corderos al interior de Arica y al mes ganaba 30 mil pesos, salario que jamás conseguiría en su tierra.

Cuando terminó cuarto medio, hizo el servicio militar. Por esa época conoció a una joven con quien se fue a vivir a La Paz. Allá no había mucho trabajo, así fue como llegaron a establecerse en Arica.

Las cosas no se le dieron bien a la pareja. Ella lo empezó a engañar y, después de varias peleas y el orgullo herido de Simón, se separaron. Dos meses después de que su mujer y su hija lo dejaran, Simón partió al terminal de buses a comprar un pasaje para Bolivia y se encontró con Mery.

Su niña tenía la misma edad de Paola cuando él la conoció junto a su madre. Por eso Simón la quiso apenas la vio. Se apegó a ella y pronto le dio su apellido.

Mery ni se había dado cuenta cuando quedó esperando a Paola. Recuerda que un 20 de junio fue a buscar una pollera larga que había mandado a hacer para la celebración del ritual de inicio del invierno, cuando sintió que se le daba vuelta el estómago. Ella creyó que era por el mal rato que pasó cuando la costurera le dijo que no le tenía listo el traje. Le salió hasta espuma por la boca y todos pensaron que le había revivido la epilepsia. Pero había algo más en su estado: una nueva vida que llegaba a la historia de Mery. Paola nació el 15 de enero de 2001. La amamantó como a sus otros dos hijos, hasta pasado el año. Y cargó con ella a sus espaldas hasta que la niña pudo caminar sin que la atropellaran los adultos.

Su historia con Simón marcaba el inicio de una nueva vida.

—En Bolivia yo no era feliz. No me gustaba. Había frío, y no había plata. Yo quería vestirme bien. Como era joven…

Empezaron a vivir en la casa de un primo de Simón. Cuando Mery le dijo que quería ir a buscar a sus otros dos hijos, él le contestó que primero trabajaran un tiempo, para juntar plata. Él se empleaba como jornalero, sacando brócolis, tomates y choclos en el Valle de Azapa. Ella siguió viajando a Tambo Quemado y cuando lo hacía, él se ponía celoso; la regañaba.

Fueron tiempos duros, porque el dinero no les alcanzaba. Además, los dos tenían documentos temporales y no lograban conseguir contrato para sacar la residencia definitiva en Chile.

EN BUSCA DE SUS OTROS HIJOS

Llevaban dos años juntos con Simón cuando nació Mirza. Un nombre poco común, del cual sólo se sabe que lo llevó una princesa rusa. La llamaron así en recuerdo de una detective nortina que ayudó a Simón cuando lo perseguía la policía porque él quería quedarse con su hija Karen, pero la madre de la niña, la misma que lo había engañado, lo denunció. La señorita Mirza, como le dice hasta hoy Simón, lo ayudó a hacer los trámites necesarios para que él pudiera ver a la chica cuando la madre se la llevó. Y a ella recurrió Simón cuando los carabineros quisieron detener a Mery un día que estaba vendiendo fruta en la calle, en un carretón. La señorita Mirza pidió que la dejaran libre, aduciendo que Mery tenía una hija reconocida en Chile —la Paola— y que, además, esperaba otra que sería chilena, por tanto, tenía que trabajar para alimentarlas.

Hacía calor en Arica ese 5 de marzo de 2005, cuando Mirza Pacajes Canqui llegó al mundo. Dos años después partió Mery a recuperar a sus hijos Mariela y Carlos, que vivían con la abuela en la localidad de El Turco, a 15 kilómetros de Tambo.

Se los trajo escondidos.

—Como yo vivía en la frontera, conocía a los choferes de bus. Saludé a uno, que me dijo: "Hola Mery, ¿cómo estai?" Le contesté: Oye, ¿sabís?, quiero llevar a mis hijos conmigo. "¿Un chileno te pescó?", me dijo.

Sí, era cierto. Simón la había pescado para siempre. Ya era hora de juntar a todos e iniciar, al fin, una vida unidos.

"Estai cambiada", le comentó el boliviano. También era cierto. Mery ya no se peinaba con trenzas ni vestía polleras ni chamantos; andaba de pantalón y polera.

Había pasado mucho tiempo. Mery tenía 34 años. Su hija Mariela ya había cumplido los 12 y no quería venirse de Bolivia. Estaba feliz con su abuela y con sus primas: "Todos me dicen que era mala mi abuelita, pero no con los niños. Nos regaloneaba harto. Lavábamos ropa ajena y cuando nos pagaban, nos comprábamos pan y bebidas", recuerda ahora la joven, y alega que su madre la trajo "con engaño".

Dulce engaño el de Mery, que debió persuadir a Mariela que su vida sería mejor junto a ella. La niña ya estaba acostumbrada a su cotidianidad. Los fines de semana se iba a quedar con sus primas a la casa de su tío Boris, que les llevaba películas nuevas de la ciudad.

—Mi mamá me dijo: "Tengo tele, tengo DVD". Como yo vivía en el campo, tenía ropa viejita y mi mamá me compró todo nuevo y zapatillas; yo usaba unas chalas de goma. Me vine feliz.

Mery convenció a su amigo del bus que la llevara con la niña sin la autorización escrita del padre, porque no lo pudo ubicar. Y así fue como se cambió de un bus manejado por un boliviano a otro conducido por un chileno y se trajo a Mariela.

Ya en Arica, tomaron un auto para llegar a la casa de una tía donde las aguardaban las otras hijas de Mery. Mariela recuerda aquel momento:

—Me bajé del colectivo a abrazar a mi hermana. Le dije: "¡Paola!" No, me contestó, yo no soy la Paola, soy la Mirza. Mi mamá le dijo: "Ella es tu hermana mayor". Después apareció la Paola. La vi y estaba tan grande…

Fue el primer impacto de Mariela, al descubrir que su hermanita Paola ya no era la pequeña que ella había conocido. Luego la llevaron al Valle de Azapa, donde vivían con Simón. No le gustó el lugar. Lo encontró muy alejado de la ciudad. De a poco se fue acostumbrando.

Faltaba Carlos, que ya tenía 15 años. El adolescente se había arrancado de la casa de la abuela cuando llegó Mery. Se había ido a trabajar de albañil en una localidad cercana. Dos meses después, su madre repitió la misma operación que hizo para traer a Mariela, y cruzó la frontera con Carlos pasando de un bus boliviano a otro chileno sin que las autoridades aduaneras lo supieran.

Carlos tenía un cierto retraso intelectual. No se llevaba mal con nadie, salvo cuando le venían los arrebatos y se ponía contestador. Mariela y Paola, en cambio, comenzaron a tener conflictos. No era fácil para la hermana mayor tratar a Paola, a quien había tenido en los brazos y ahora veía como adulta, cuidando Mirza, la más chica. "La Paola era como una niña grande, ¡pero tenía apenas seis años! Me quería mandar a mí. Nos empezamos a llevar mal. Éramos peleadoras. Nunca parábamos de discutir. Yo, además, tenía miedo de que Simón me tratara mal, porque hay padrastros que te odian. Pero mi tío Simón nos compraba cosas por igual a las tres".

Mantener a ese crecido familión puso más difícil la situación económica de los Pacajes Canqui. Entonces Simón decidió dejar el Valle de Azapa e ir a buscar nuevos rumbos a Copiapó, atraído por el auge de las mineras.

EN LA TIERRA DE LAS RICAS MINAS

En Arica hay trabajo, pero no es tan bien pagado como en Copiapó, donde las calles se ven copadas por vehículos del año. Simón no pretendía tener auto; ni se lo soñaba. Sólo buscaba una cierta tranquilidad con su familia.

Dejó a Mery con los cuatro hijos en Arica y viajó 1.270 kilómetros a la ciudad minera de la III Región. "Teníamos que hacernos de nuevo", cuenta, recordando esos 15 primeros días que pasó solo en la tierra donde muchos buscan hacerse ricos.

Lo primero que tuvo a la vista fue encontrar un lugar donde pudiera llegar su familia.

—Me pesqué un terrenito arriba, por los cerros. Había unos basurales cerca, fui a buscar los palos y con eso me hice la casa. Y con madera terciada para el techo.

No tenía agua. A una cuadra del terreno que se tomó había un pozo. Allá partía con un balde a buscarla. Como sus otros vecinos, se colgó de un poste para tener luz.

A los 15 días llegó Mery con la hija menor, Mirza. Después, cuando ya habían conseguido cobijas para que durmieran, lo hicieron Paola, Mariela y Carlos.

Era el año 2007. Por primera vez, Mery sintió el peso de la discriminación. Había entrado a un curso de pastelería cuando un día escuchó que una compañera le comentaba a otra: "Esta es peruana, una quitahombre".

Mery habla con frases cortadas y, a veces, en forma confusa, especialmente cuando está nerviosa. De modo que no era difícil confundir su acento con el de una peruana. Y es posible que sienta que su condición de boliviana la pone en un pie superior al de una vecina del Perú.

—Me sentí muy mal, porque la mujer me miraba feo. La persona que estaba adelante le dijo: "No puedes hablar así, no puedes discriminar a las otras". Me miraban para abajo. Te comparan…

No le fue fácil adaptarse, ni encontrar trabajo. Para peor, pasaron los meses y a Simón se le acabó su contrato.

—Tuve que volver a trabajar a Arica, en la construcción, en agosto.

Mery se quedó con los niños en Copiapó. Simón le mandaba plata. Ella a veces trabajaba en la agricultura, como temporera. También se preocupó de buscarles escuela a los hijos, pero tuvo un gran traspié que a la larga resultó fatal: en el colegio le pidieron los documentos de Mariela y Carlos.

Entonces, decidió partir en busca de los papeles. Y ahí comenzó el principio de su peor pesadilla…

CAPÍTULO 2

CAMA DE ESPINAS

El comidillo del barrio dijo que Mery partió a Arica detrás de su hombre, Simón. Pero en Arica, en esta ocasión, escasamente se vieron. Ella andaba detrás de los papeles de identidad de sus hijos. Él, buscando cómo ganarse la vida.

Cuando un extranjero se instala en otro país en busca de mejores oportunidades, puede ser capaz de ir a los lugares más ignotos. Al menos, eso hizo Simón y por lo mismo terminó en una "cama de espinas".

Ese es el significado de Chapiquiña: "cama de espinas", el nombre aimara que recibe la pequeña localidad ubicada en la comuna de Putre, a más de 100 kilómetros de Arica, hacia el interior. Allí estuvo Simón casi un año construyendo canales de regadío.

Durante ese tiempo su familia se dispersó.

Mery partió al norte a conseguir los pasaportes de sus hijos mayores, Mariela y Carlos, a quienes había ingresado al país en forma clandestina. Los llevó consigo y también a Mirza, la menor. Dejó a Paola, con ocho años, encargada en la casa de un primo de Simón, que vivía en la Población Juan Pablo II, a dos viviendas de la suya.

Había matriculado a Paola en abril de 2009 en el colegio, para que hiciera primero básico, y a la niña le iba bien. No quería que perdiera clases.

—Y agarré a la Mariela, a la Mirza y al Carlos y me fui a Oruro.

En Oruro, Bolivia, estuvo durante un mes intentando encontrar al padre de sus dos hijos mayores para que les diera el permiso para residir en Chile. Allá, dice, tenía un abogado para demandar por pensión alimenticia a Julián, pero el profesional no había dado con su paradero… o al menos esa explicación le dio a Mery.

Debe haber sido su segunda semana en Oruro cuando se encontró con un amigo policía en la plaza. "Oye, estai más joven", le dijo él. Y también le contó que se había encontrado con su anterior pareja, quien le aseguró que le mandaba 200 dólares mensuales de pensión. "No, mentira, él no me pasa ni un centavo", le aclaró Mery, y aprovechó de contarle sobre su nueva vida y su urgencia por conseguir los documentos de sus hijos. El amigo policía se ofreció para ser testigo y así conseguir un permiso notarial para sacar legalmente a los niños del país.

Con esa autorización, Mery pudo tramitar el pasaporte de Mariela, pero no le alcanzó el dinero para pedir el de Carlos. Al mes y dos semanas de estar en Oruro le dieron el documento, y volvió con los chicos a Arica a seguir con los trámites, para obtener la residencia. Debía legalizar unos certificados en el consulado chileno, lo que la detuvo en esa ciudad. Entonces decidió enviar a Mariela de vuelta a Copiapó, para que fuera a acompañar a su hermana Paola.

Los informes de extranjería indican que Mery cruzó la frontera con Bolivia el 11 de abril de 2009, por Tambo

Quemado. Volvió a Arica el 19 del mismo mes, luego salió el 31 de octubre y volvió el 5 de noviembre. Las fechas no calzan con los recuerdos de Mery, ni tampoco con los de Simón, pero Mery conocía gente y le era factible cruzar la frontera saltándose las formalidades de inmigración. Sin embargo, lo que quedó registrado permite confirmar que entre abril y noviembre de 2009 ella transitó entre Chile y Bolivia, y que hizo los trámites de documentación.

En Arica, Mery vendía fruta en la calle, y juntaba plata para volver a Oruro. No se veían con Simón; apenas hablaban por celular cuando él bajaba los fines de semana de Chapiquiña a Putre. Y a veces se contactaba con el primo de Copiapó para preguntarle cómo estaban Paola y Mariela.

No alcanzó a advertir que sus niñitas, la Paola y la Mariela, comenzaban a entrar a un túnel de oscuridad que terminaría en el horror.

MARIELA, DESPUÉS DE LA INOCENCIA

Mariela tenía 13 años y estaba cansada de ese ir y venir de su madre. Regresó feliz a Copiapó en octubre.

—Yo quería venir porque tenía que estudiar. Después, cuando volví, no me recibieron en el colegio porque sólo me habían autorizado a ausentarme tres semanas y falté más tiempo.

En la casa del primo de Simón, donde se había quedado su hermana Paola, Mariela no se sentía en familia. Quizás influía el hecho de que ella no era hija legal de Simón, como lo era Paola. Su hermanita trataba de "tío" al dueño de casa, y lo mismo hacía con la conviviente. A los hijos de los parientes los llamaba "primos". Para ella, en cambio, todos eran extraños.

Con esos desconocidos, que en un comienzo parecían una pareja normal, compartía el cuarto.

—Al principio dormíamos en la misma pieza, en el suelo porque no tenían más camas. Después nos pasaron a una pieza chica donde dormíamos mi hermanita y yo en una cama. Ahí empezamos a cambiar con mi hermana, ya no peleábamos tanto. La mayoría del tiempo ella pasaba en el colegio. Ella era muy solidaria y se hacía al tiro amiga de todas las personas. Yo no...

La mujer del primo de Simón le ofreció pagarle para que cuidara a su hijo, una guagua de dos años. "Me dijo que me iba a pagar como 50 mil pesos, pero me pagaba mucho menos. Se lo cuidaba cuando ella iba supuestamente a buscar trabajo, pero ella nunca encontraba. Cuando yo recibía la plata, me compraba calcetas. Un día era el 18 de septiembre y me compré jeans".

A veces, el primo de Simón, el "tío Elvis", como lo llamaba Paola, no iba a trabajar y se quedaba en la casa. A veces, Mariela temblaba...

La primera vez se le metió en la cama y le tironeó el pantalón del buzo con que ella dormía. La guagua, que estaba a su lado, empezó a llorar y él dejó de molestarla.

En otra ocasión la salió persiguiendo, ella cerró la puerta y puso palos para bloquear la entrada, pero él logró romper la barrera y abusó de ella.

Mariela no le contó a su hermana. "Nosotras no nos contábamos nuestras cosas, no nos decíamos nada". Pero no eran necesarias las palabras. Paola, que sólo tenía ocho años, veía cosas… las relató más tarde, cuando ya el daño estaba instalado.

Mariela apenas hablaba con Giovana, nombre por el que conocía a la señora del "tío Elvis", que en realidad se llamaba Dionisia Calle, como los personajes de Gabriel García Márquez.

Un día la mujer le dijo a Mariela: "Oye, vi a mi pareja tratando de manosearte", pero no le advirtió que se cuidara, ni tampoco, al parecer, le llamó a él la atención.

Mariela empezó a sentir miedo. Un temor que se te mete en el cuerpo y no te deja en paz sino hasta que logras, a duras penas, conciliar el sueño.

Una mañana, temprano, cuando todos habían salido de la casa, el "tío Elvis" la tomó por sorpresa.

—Él se echó encima de mí, me tapó la boca y me gritó: "Vai a hacer lo que yo diga". Me dijo que no dijera nada, menos a la Yovana. Aparte que no tenía a quién quejarme… en esa población todos eran sus parientes.

Mariela quería escapar, pero no podía dejar a su hermana.

Ese noviembre horrible, Paola comenzó a frecuentar junto a su "tía", la mujer del "tío Elvis", la feria del fin de semana.

Volvían a la casa cargadas con bolsas llenas de verduras.

—Yo las veía llegar y me llamaba la atención tantas cosas que compraban. Le preguntaba a mi hermanita y me respondía: "No, si las pedimos". Después la señora (la mujer de Elvis) me quería llevar a mí a pedir, pero yo no quise porque no me gustaba andar en la calle.

Por esos días, Paola conoció en la feria a doña Leo, como la llamaban los otros feriantes. Y un día le dijo a Mariela:

—Me voy a ir a vivir a una casa linda, voy a ir a cuidar a un niñito...

UN POLLO PARA LA NAVIDAD

Las calles de Copiapó estaban llenas de adornos navideños cuando regresó Mery.

Faltaban ocho días para la Nochebuena del año 2009. Eran las ocho de la noche del jueves 17 de diciembre cuando entró con su hija menor, Mirza, a su casa de la Población Juan Pablo II.

Mariela tuvo un pálpito. Apenas se atrevía a salir a la calle, pero cruzó las dos casas que la separaban de su hogar, segura de que iría a reencontrarse con su madre.

Estaba alegre y triste pero, más que todo, rara. Esa rareza no pasó inadvertida a los ojos de Mery Canqui.

—¿Qué te pasa? —le preguntó.

—No, no me pasa nada —respondió la niña con la vista baja.

—¡Habla, Mariela! ¿Qué te pasa?

Entonces Mariela no aguantó más, venció el miedo y, llorando, le contó lo que había padecido con ese señor al que su hermanita Paola llamaba "tío Elvis".

"¡Quiero verlo preso esta misma noche!" Fue la sentencia de Mery, siempre de escasas palabras. Era pasada la medianoche cuando llamó al 133 de Carabineros.

Al rato llegó la policía. Partieron a la casa de Elvis Bilpa Quispe, pero no encontraron a sus moradores. Llevaron luego a la niña con su madre a constatar lesiones al Hospital Regional. Ahí pidieron un peritaje médico legal.

Casi no durmieron esa noche.

Al día siguiente, Mery tenía otra misión que cumplir. Mientras se encontraba en Arica, había recibido el llamado de Paola a su celular, contándole que estaba viviendo en una casa muy linda, con una señora muy buena que se llamaba Leo. Mery Canqui tenía que conocer esa casa y saber cómo estaba su hija.

Partió con Mariela y Mirza.

—Estoy bien, me dijo la Paola. En ese momento, la señora Leonor fue amable.

Le abrió su casa grande que, ante los ojos de Mery Canqui, era un verdadero palacio comparado con la mediagua que ella habitaba. Una vivienda de población, de clase media baja, bien protegida por una reja de fierro. Entrando, a mano izquierda, estaban los dormitorios y a la derecha, el living. Más adentro se llegaba a un comedor amplio conectado a una cocina sin puerta. Desde ahí se divisaba el patio, donde estaba el lavadero y, justo al frente, una bodega. En la mesa había huevos revueltos y pan fresco para tomar el té… un lujo, apreció Mery Canqui.

Leonor le habló maravillas de lo bien que estaba la niña allí. Mery le contó que se iría a trabajar a los parronales, y "la señora" le ofreció que le dejara a las niñas.

Las menores volvieron esa misma noche a casa de su madre, pero Paola prefirió quedarse con doña Leo. Era diciembre y Mery partió a empacar uvas.

—Yo llegaba a la una o dos de la noche, porque estaba en el empaque de fruta.

El 22 llegó su hijo Carlos desde Arica.

En vísperas de Nochebuena a Mery sólo le pagaron 20 mil pesos. Esa era su preocupación, mientras el mismo día dos mujeres extrañas llegaban a su casa. Ese miércoles

23 de diciembre había ingresado a la OPD de Copiapó una denuncia del director del colegio al que acudían los hijos de Mery. La Oficina de Protección de la Infancia, el programa del SENAME destinado a proteger los derechos de los niños, tomó nota: el director del colegio aseveraba que los alumnos Pacajes Canqui (Paola y Mirza) y Ayaviri Canqui (Mariela y Carlos) no habían terminado el año escolar por las reiteradas inasistencias e incumplimiento de tareas. Agregaba el informe que Mariela se encontraba parentalizada, porque debía asumir la responsabilidad de cuidar a sus hermanos debido a las largas ausencias de la madre, que viajaba a Bolivia dejándolos solos.

Esa era la razón por la cual la psicóloga Beatriz Rojas Pérez y la trabajadora social Shirley Balcázar, funcionarias de la OPD, se apersonaron en su vivienda. Les habían encomendado investigar si efectivamente estaban siendo vulnerados los derechos de los chicos de Mery. Carlos, que se encontraba solo en ese momento, les dijo que sus hermanas andaban donde una tía (se presume que donde doña Leo) y que su madre llegaba como a las 10 de la noche porque estaba trabajando.

Luego de inspeccionar la modesta vivienda y escuchar al chico, la psicóloga y la trabajadora social hicieron un informe demoledor sobre la precaria situación habitacional de los Pacajes Canqui. Entre otras cosas, aseguraron que habían constatado que en la cocina había comida descompuesta en una olla de la cual, presumían, se había alimentado Carlos.

Al día siguiente, 24 de diciembre, Simón le mandó $100.000 por Turbus a Mery. Era su aporte para la Navidad de la familia. Pero, como era feriado, la empresa tenía su oficina cerrada cuando llegó Mery a retirar el envío.

La despensa estaba vacía. No había qué comer. ¿Qué haría con esos 20 mil pesos?

—Esa tarde salimos a comprar un pollito y lo comimos como a las siete. La Paola se quedó donde la señora Leonor.

Así pasaron la Navidad del año 2009, sin árbol de Pascua ni pesebre. Al otro día llegó Paola. Estuvo dos días con su familia y regresó donde Leonor.

—Allá tenía los regalos. La señora —como le dice Mery Canqui a Leonor, la feriante— le había comprado una mochila y un estuche completo. También le regaló una muñeca. Le dijo: "Si estás el mes conmigo, te quedas con eso". Me sentí... engañada, porque yo no tenía plata para comprarle esos regalos.

SE ABRE UNA INVESTIGACIÓN

¿Hay algo más allá de la miseria?

Se acababa el año y la familia Pacajes Canqui no alcanzaba a dimensionar que, más allá de una triste Navidad, podía existir algo aún peor.

Ni se enteraron de que la Oficina de Protección de la Infancia había abierto una investigación que tendría insospechadas consecuencias.

El 28 de diciembre, la sicóloga y la trabajadora social de la OPD volvieron a la casa de Mery Canqui. Esta vez encontraron a Mariela, que acababa de cumplir 14 años, al cuidado de su hermanastra Mirza, de cuatro. "La niña estaba desaseada y sin almorzar", describieron. Y Mariela les contó que había sido abusada por un vecino a cuyo cargo habían quedado con Paola mientras su madre andaba en Bolivia, a raíz de lo cual ya había una causa abierta luego de la denuncia hecha por Mery a los carabineros. En esa ocasión también supieron que Paola estaba viviendo en la casa de la feriante Leonor Villalobos Alday.

Las funcionarias de la OPD hicieron un informe lapidario, concluyendo que la madre de los chicos había sido negligente. Pidieron una medida de protección para todos los hijos de Mery y, como medida cautelar, que los ingresaran al centro Manantial "por el tiempo que sea estrictamente indispensable".

Ese Año Nuevo está borrado en la memoria de los Pacajes Canqui. ¿Se abrazaron? ¿Brindaron? No lo recuerdan. Es posible que haya sido una noche como cualquier otra en sus vidas.

El 4 de enero de 2010, cuando Mery volvió del trabajo, se encontró con que se habían llevado a sus hijos.

Llamó, desesperada, a Simón. No comprendía lo que estaba pasando. ¿Por qué le arrebataban lo suyo, y justo ahora que había conseguido algunos de los papeles para legalizar su situación en Chile?

Quedó un poco más tranquila cuando supo que sus hijos estaban en una residencia de niños y pudo verlos. Mariela le contó que allí la trataban bien:

—Al principio tenía miedo, no quería compartir con nadie. Todos me decían: "no tienes que tener miedo". Después les conté a ellas lo que me había pasado y me apoyaron. Ya no me sentía vieja, como grande. Empecé a ser niña, a jugar como niña, lo que nunca había hecho. Las tías nos lavaban la ropa, nosotras lo único que teníamos que hacer era nuestra cama. Me sentí feliz. Las tías me daban pastillas y a mí se me olvidó todo.

Mirza y Carlos se veían igualmente tranquilos.

Pero, ¿qué pasaba con la Paolita? ¿Por qué no la dejaron con sus hermanos?

Ese mismo 4 de enero en que se llevaron a tres de los cuatro hijos de Mery, la sicóloga Beatriz Rojas Pérez y la trabajadora social Shirley Balcázar, las mismas de la OPD, continuaron su investigación. Esta vez se dirigieron a la casa de Leonor Villalobos Alday, para cerciorarse de la situación de Paola.

A las enviadas de la OPD les cayó bien doña Leo. En el informe que hicieron de esa visita plantearon que se trataba de una mujer separada, madre de cinco hijos, nacida el 29 de julio de 1953, feriante. Expusieron que vivía en una casa cómoda con Vanessa, la menor de sus hijos, de 20 años, y su nieto de tan solo 29 días. No mencionaron que ahí también residían el conviviente de Leonor, otro hijo de Vanessa y que cada cierto tiempo llegaba Arturo, el hijo regalón de doña Leo, que en ese momento se encontraba internado en Santiago para impedirle que siguiera drogándose.

Doña Leo les contó que había conocido a Paola porque la veía frecuentemente en las ferias libres pidiendo dinero y comida, en compañía de una adulta también boliviana, y que siempre le regalaba algo de lo que ella vendía. Les relató que le daba tanta rabia, que un día decidió encarar a la mujer que iba con ella: le preguntó cómo era posible que usara a la menor para andar mendigando en la feria. Ella le contestó que la niña no era suya, sino que de una vecina que se la había dejado encargada por unos días mientras iba a Bolivia, y que no regresaba, y que ella no tenía medios para alimentarla; por eso salían a mendigar. Después de enterarse de este drama decidió cuidar a Paola y llevársela a vivir a su casa, les dijo a las profesionales de la OPD.

Y les dio detalles de cómo fue adaptándose la menor en su casa. El primer día que llegó a vivir donde Leonor "comía sin parar, mientras que lo demás se lo guardaba en la ropa. Luego, al momento de dormir, la niña se sentía muy preocupada porque la habitación que iba a utilizar mantenía los enseres adecuados para su desarrollo, cama, sábanas, televisor, ropa, zapatos, situación a la que ella no estaba acostumbrada", precisa el informe de las profesionales.

El escrito termina señalando que Leonor Villalobos fue a matricular a Paola al colegio y que habló con el director, quien "se enteró del abandono en que los padres tenían a la niña".

Ese documento fue pieza clave en la audiencia cautelar que se efectuó al día siguiente en Copiapó.

LA NIÑA PARA LA GUARDADORA

Una mujer humilde, de escasas palabras, con dificultad para expresarse, y más encima sola y desesperada fue la que llegó el 5 de enero a la audiencia en el tribunal de familia de Copiapó, donde esperaba recuperar a sus hijos.

Cuando le correspondió hablar, Mery Canqui sólo dijo que se oponía a la medida cautelar, y que quería que sus niños siguieran con ella. Mucha más fuerza tuvo para la jueza María José Hernández Soto el informe de las funcionarias de la Oficina de Protección de la Infancia.

En la audiencia se señaló que la madre había permanecido todo el año anterior fuera de la ciudad y que no estaba claro a cargo de quién se quedaron los niños. También se mencionó que habría una situación de abuso sexual de una de las hijas de Mery.

La curadora *ad litem* designada por el tribunal opinó que los niños debían permanecer en el Centro Manantial, y así se acordó. En cuanto a Paola, se dispuso que se mantuviera a cargo de Leonor Villalobos porque con ella la niña se encontraba "en adecuadas condiciones morales, sociales e higiénicas".

A Mery, esa frase le quedó dando vueltas. Que su hija Paola pudiera estar mejor con "la señora" que con ella, que tuviera "adecuadas condiciones morales, sociales e higiénicas…" Bueno, si era así. Pero le producía desconfianza esa mujer. Había algo en ella que se le atravesó desde el primer día. Algo en sus gestos, ¿o quizás en su mirada? Lo único que quería era que Simón llegara luego y le ayudara a recuperar a sus hijos.

Doña Leo también estaba en la audiencia. A diferencia de Mery, la feriante tenía el don de la palabra, y una notable capacidad de persuasión. Ella estaba acostumbrada a mandar; Mery, a servir. Pero esas eran disquisiciones intrascendentes en la sala.

El tribunal definió que, dentro del marco de una medida cautelar, Paola quedara bajo el cuidado de Leonor Villalobos, y ordenó que la Oficina de Protección de la Infancia enviara a profesionales a hacer visitas periódicas a su casa, para constatar que la niña estuviera bien, "debiendo informar inmediatamente en caso de cualquier tipo de vulneración o amenazas para la niña".

Una derrotada Mery Canqui abandonó ese día el tribunal de familia de Copiapó.

—¡Simón, vente pronto!

Así le dijo a su pareja no más saliendo de ese juzgado, cuando lo llamó por su celular… lo único que le quedaba.

LA CASA LINDA DE LA "MAMITA LEO"

Tres días después, el 8 de enero, la sicóloga y la trabajadora social de la Oficina de Protección de la Infancia fueron a visitar a Paola a la casa de doña Leo, en la población Balmaceda Norte. Es un sector antiguo de la zona que se ubica pasado el cordón de la Circunvalación que encierra el centro de la ciudad. Ahí viven, en su mayoría, comerciantes o trabajadores independientes que han podido adquirir casa con subsidio a la que, con los años, le han hecho ampliaciones, jardín y levantado reja.

Ahí, en la vivienda de doña Leo, las funcionarias de la OPD vieron un grupo familiar cohesionado, con buenas relaciones entre ellos. Ese día de enero llegó la hermana de doña Leonor e ingresó al dormitorio que ellas identificaron como el de Paola. Al encontrarse con la niña, "se mostró muy afectuosa y Paola se puso contenta", describieron las visitadoras en su informe.

Doña Leo les contó que ella había tenido que hacerse cargo de las actividades diarias y propias de la niña, y que la había matriculado en el colegio. No cesaba de hablarles: que le estaba entregando nuevos hábitos de higiene, alimentación, tiempo de estudio, de la misma forma como lo hizo con sus hijas ya independientes y adultas. (Seguramente no se refería a su hija Vanessa, que vivía de allegada en su casa). Y que la chica había acatado esas normas en forma muy responsable y respetuosa.

La sicóloga entrevistó a la niña y obtuvo un dramático relato de cómo había sido testigo de la violación a su hermana.

—El Elvis jugaba mucho con mi hermana, la molestaba mucho, yo me escondía y los veía.

Cuando le preguntó a qué jugaban, ella contestó:

—A esas cosas.

No pudo especificar la acción en sí, no obstante, según describió la sicóloga, la niña (a días de cumplir los nueve años) cambió su ánimo, decayendo notablemente y denotando sentimientos de tristeza, "en donde contiene de sobremanera su emoción, logrando finalmente desborde emocional por los hechos sucedidos. Al preguntar si el indicado jugaba con ella de esa forma, la niña responde que no, puesto que cuando quiso molestarla, le enterró un lápiz muy fuerte y filudo, según su relato".

De esa visita, la sicóloga y la trabajadora social dejaron un detallado informe, más amplio que el anterior e igualmente positivo para la cuidadora.

En esta ocasión, no obstante, aparecieron nuevos habitantes en la casa: "Doña Leonor vive junto a su pareja Miguel Rojas, 77 años, hace diez años. Él es pensionado por retiro programado en AFP Provida. Vive ahí también su hija Vanessa Cortés, su marido y dos hijos de ella". Es decir, Vanessa ahora tiene dos hijos y no uno, y habita ahí junto a su marido, además de ambos niños.

La descripción que hacen de la vivienda es minuciosa: "La casa habitación cuenta con cuatro dormitorios, sólo ocupan tres de ellos, uno por doña Leonor y su pareja, otra por Vanessa y su grupo familiar y Paola utiliza otro. Se encuentra en buen estado de habitabilidad, presenta techo, cielo, paredes forradas, piso de tabla y cemento, cuenta con mobiliario adecuado para cubrir las necesidades de abrigo y de desarrollo normal de los integrantes del grupo familiar. Los enseres son suficientes, en regular estado de conservación. En cuanto a la cocina, se encuentra sólo con techo, paredes sin forro y piso de cemento".

El detalle que hacen sobre el dormitorio que ocupa Paola es relevante: "Cuenta con implementos adecuados para la estadía, descanso, entretención, como también se visualiza orden, higiene y ornato".

Es decir, la cuidadora le había otorgado a la niña una habitación exclusiva, donde tenía todo lo que necesitaba. Era el retrato de "la casa linda".

Pero hay más en el documento elaborado por las funcionarias que supervisaban la situación de Paola.

A doña Leo la describen como "una mujer muy protectora, en donde entrega la seguridad que necesita la niña, además de constituir una figura significativa y con estrechez en el vínculo afectivo".

Tan buena es esta señora, a ojos de las visitadoras Beatriz Rojas y Shirley Balcázar, que Paola la llama "mamita Leo" como una forma de cariño.

Y concluyen que Leonor Villalobos Alday, además de poseer los recursos materiales, "cuenta con herramientas parentales que la ayudan a mantener un estilo de crianza seguro, con límites y normas claras, entregando valores y hábitos apropiados para un desarrollo psicosocial óptimo en la niña".

¿Podría Paola, con sus ocho años, haber caído en mejores manos?

Mery Canqui no se lo creyó. En medio de su desesperación, intuía que algo extraño había en esa "señora" a la que su hija llamaba "mamita Leo". Pero no fue a través de sus ojos que volvió a emitir su dictamen el tribunal el 14 de enero de 2010, sino a la vista del informe que rindieron las visitadoras, y teniendo en cuenta el discurso seguro que hizo Leonor Villalobos en la sala.

Fue así que el juez Andrés Ramos determinó: "Teniendo especialmente presente que la guardadora de la niña Paola Pacajes Canqui, en su intervención ha dado suficientes garantías que a la niña se la ha resguardado debidamente en sus derechos, no existiendo ningún otro adulto responsable que pudiese hacerse cargo de los otros tres hermanos, considerando también el tiempo que la niña Paola ha permanecido al cuidado de doña Leonor Villalobos, no habiéndose hecho valer por la parte requerida nuevos antecedentes para la modificación de las medidas cautelares decretadas en la audiencia de fecha 5 de enero de 2010, compartiendo el tribunal la opinión del Consejo técnico, se resuelve: Que se mantienen en todas sus partes y en los términos consignados en la resolución del 5 de enero las medidas cautelares decretadas a favor de los niños Mirza, de 4 años; Paola, de 8 años; Mariela, de 13 (ya había cumplido los 14) y Carlos de 17".

Mery se aferró a su celular. Sintiéndose perdida, pidió al juez que si los niños iban a quedar en un hogar especial, fuera en uno de Arica porque pretendía viajar allá en busca de trabajo. Ni siquiera eso consiguió.

Su hija Paola cumplió nueve años junto a doña Leo. Por esos días regresó Simón para seguir en su intento de recuperar a la chica. Pero Leonor Villalobos consiguió autorización para llevársela a Carrizal Bajo entre el 1 y el 28 de febrero, "de vacaciones".

A Mery Canqui la complicaba la distancia. No quería dejar de ver a su hija, pero era difícil para ella recorrer los casi 160 kilómetros que separan Copiapó de Carrizal, en un viaje de más de tres horas por una zona que le era desconocida. Intentó explicar esto en el tribunal, y la jueza Pamela de la Peña le respondió: "Si se ha podido trasladar a Bolivia, bien puede hacerlo a Carrizal".

Mery nunca entendió esa respuesta. ¿Cómo podía comparar sus viajes a Bolivia, la tierra donde nació, con lo que para ella significaba moverse por una ruta inimaginable a un lugar con un extraño nombre que por primera vez escuchaba?

Algo en su piel le hacía sentir que ese no era un buen destino para su hija. Experimentaba la misma sensación incómoda que le producía pensar en "la señora", la guardadora.

CAPÍTULO 3

LA CENICIENTA

En la feria que se instala los fines de semana en Copiapó, en el límite del centro de la ciudad con el sector de las poblaciones periféricas, nadie sabe quién es Leonor Villalobos Alday. Pero si uno pregunta por "doña Leo", no hay quién la desconozca. Es antigua en el negocio y se impone en el ambiente feriano con su lengua suelta y su vozarrón. Los sábados se instala con sus verduras casi a la entrada de la calle Lastarria, y los domingos en la avenida Circunvalación.

¿Qué habrá visto en ella la pequeña Paola?

"Doña Leo" le ofreció una vida diferente, su "casa linda", seguridad. Y una muñeca, a ella que no tenía muñecas, sino que una hermanita menor a quien cuidar, y un papá y una mamá con largas ausencias, y un tío Elvis que hacía unos juegos tan extraños con Mariela.

¿Qué vio Leonor Villalobos en Paola?

Se vio a sí misma reflejada en la pequeña boliviana. Eso, al menos, fue lo que dijo cuando intentó obtener la tutela definitiva de la niña. Pero los hechos que ocurrieron más tarde, mostraron algo muy distinto.

Cincuenta y seis años tenía la mujer cuando se convirtió en "cuidadora" de Paola. Al relatar su infancia, contó que nació en la localidad de Domeyko, en Vallenar. Y que, por problemas económicos, sus padres la entregaron a la abuela.

Nunca le perdonó eso a su madre.

La abuela la golpeaba y la castigaba —contó Leonor—, dejándola sin comida. Le exigía robar y pedir alimentos en la calle.

A los 10 años se arrancó a la ciudad de Vallenar. Allí la acogió una señora de nombre Mercedes, que le entregó valores, afecto, alimentación y un hogar[1].

A los 18 años se casó con Carlos Araya, con quien tuvo cinco hijos: Ninoska (quien murió a los 14 años, de meningitis), Carla, María, Arturo y Mauricio. Carlos Araya la golpeaba y la maltrataba cuando estaba ebrio. Un día lo abandonó y partió con sus hijos a Copiapó.

En esta ciudad, no tenía a dónde ir y fue entonces cuando conoció a Guillermo Cortés. El hombre le ofreció su hogar y con él inició una relación que duró cuatro años. Fruto de ese vínculo nació Vanessa, la hija que vive con ella. Nuevamente se repitió el cuadro de violencia intrafamiliar y alcoholismo, según Leonor, por lo cual se separaron.

En su relato a la sicóloga de la OPD, Leonor cuenta que en 1985 consiguió su casa propia y que comenzó a trabajar en la feria libre de forma independiente. Así estaba su vida, consolidada, cuando al terminar el año 2009 comenzó a ver con frecuencia a Paola en la feria, una niñita tan chica, con acento extranjero, pidiendo y sacando del suelo alimentos, aseguró.

---

[1] **19 de abril de 2010.** Informe pericial psicológico a Leonor Ester Villalobos Alday, del Programa de Diagnóstico Copiapó Caldera.

Y dice que al observar a la pequeña recordó su propia infancia. Entonces le pidió a la mujer que la acompañaba (Yovana, la conviviente de Elvis), que le entregara a la niña. Quería darle a Paolita lo mismo que ella recibió de una extraña, la señora Mercedes, cuando se sintió abandonada: "Valores, afecto, alimentación y un hogar".

Cinco meses llevaba Paola viviendo con la guardadora, cuando el mundo de fantasía comenzó a mostrar su lado terrenal.

LA "MAMITA LEO" TAMBIÉN SE ENOJABA

Mery Canqui y Simón Pacajes tenían entre ceja y ceja a "la señora". Doña Leonor no les permitía ver a la niña. Habían ido a la feria a pedírselo, a suplicarle. Y ella terminaba mandándolos a cambiar.

Una vez vio Simón a su hija en el tribunal. Ella tendió a ser cariñosa, como antes, pero apenas apareció "la señora" cambió su actitud.

Después de la miseria sigue el desamparo. Así se sentían Simón y Mery: desamparados. ¿Quién podría ayudarlos a recuperar a su hija? Si al menos tuvieran la certeza de que la niña estaba bien…

La primera voz de humanidad la escucharon de Aurora Barrios, la directora del Centro Manantial, donde estaban sus otros hijos. En marzo de 2010, la funcionaria mandó el primer informe positivo de los padres, al tribunal. Dijo que habían entregado 40 mil pesos para el vestuario escolar de los niños, y que se habían hecho cargo de la compra de sus útiles. Contó que Mariela, Carlos y Mirza —los hermanos de Paola— habían mantenido el apego con los padres, "observándose durante todas las visitas la alta vinculación que los niños tienen con sus progenitores".

Y agregó un dato importante: "Todos los niños han manifestado, en forma espontánea y reiterativa, querer ver a su hermana Paola Pacajes Canqui".

La directora del Centro Manantial recomendó al tribunal establecer a la brevedad posible un régimen de visitas programadas al interior de este centro con Paola. Para ello, sugirió que se llevara a la niña los días sábado y domingo a las nueve de la mañana y que la retiraran a la una de la tarde. Así, podría mantenerse ligada a sus hermanos y compartir libremente con ellos.

Mery y Simón llegaron a la audiencia del 28 de abril de 2010 algo más tranquilos. Un rayo de esperanza se había abierto para ellos.

No contaban con que en esa misma audiencia se consideraría otro informe, esta vez del asistente social Marcelo Flores Olave. Este nuevo funcionario del Sename creyó en Leonor Villalobos y aseguró que la mujer se había mostrado "como un factor protector preponderante".

Una hora duró la sesión. Al término de ella, la jueza Macarena Navarrete dictaminó que a la fecha los padres no contaban con las condiciones psicológicas, sociales y económicas para asumir los cuidados integrales de todos sus hijos. Ante ello, propuso que Mirza, Mariela y Carlos permanecieran en el Centro Manantial y que Paola siguiera bajo la responsabilidad de Leonor Villalobos Alday, "haciéndose cargo de su cuidado personal, debiendo ejercer de forma adecuada y efectiva control sobre la niña". La medida tendría un plazo de un año, que podría ser renovado si no se modificaban las condiciones de los padres.

Asimismo, dispuso que todo el grupo familiar y Leonor Villalobos, ingresaran a un programa de diagnóstico e intervención en el Programa de Intervención Breve (PIB) Horizonte, a objeto de que ahí efectuaran una evaluación en profundidad de todos los involucrados en la causa.

La jueza pidió que el PIB Horizonte trabajara con la familia "para modificar la situación actual de abandono de los niños y que se refuerce la situación tanto escolar y vinculación con la madre y padre y evitar comisión de conductas relacionadas con la vagancia u otras parecidas… debiendo supervisar que el niño Carlos Ayaviri Canqui permanezca bajo el tratamiento en Coanil y asimismo su asistencia a la escuela especial atendida su psicomotricidad".

Al menos, el tribunal tuvo en cuenta la sugerencia de la directora del Centro Manantial y dispuso que los sábados y domingos de cada semana, Mery y Simón deberían ir a buscar a Paola a la feria donde trabaja Leonor, a las nueve de la mañana, para llevarla a Manantial junto a sus hermanos. Leonor Villalobos debía retirarla de ahí a las seis de la tarde.

Esta vez, la altiva Leonor salió enojada. Ella quería ser guardadora de Paola, pero que no la obligaran a ir a sesiones especiales, ni llevar a la niña para que se encontrara con sus parientes. Ya bastante tenía con los problemas en su propia familia, pensó.

Es posible imaginar a Paola esperando inquieta en la casa de su guardadora. Siempre les pedía a sus padres que no pelearan con Leonor, porque después andaba enojada. Seguramente sabía que si la "mamita Leo" quedaba disconforme, llegaría rabiosa y eso les afectaría a todos en la casa. Y "todos" eran muchos. Muchos más de los que habían censado los visitadores del SENAME. Bien lo sabía ella, que muchas veces debía ayudar a lavar los platos. Si es que no tenía otras tareas que hacer, como cuidar a Benjamín, la guagua de cinco meses de Vanessa. Cuando se fue a vivir con doña Leonor, a Mariela le dijo que iría a cuidar a un niñito enfermo.

En efecto, Benjamín nació con cardiopatía e hidrocefalia. Requería de cuidados especiales permanentes.

¿Qué vio Leonor Villalobos en Paola, cuando en la feria de la calle Lastarria le dijo a la boliviana que la acompañaba que se la entregara? ¿Habrá sacado cuentas y calculado que la niña podría cuidar a su nieto enfermo, y así Vanessa al fin saldría a buscar trabajo y no se pasaría todo el día en la casa?

La vida le había enseñado a Paola a ser una niña agradable para los demás. A no dar problemas. Era cariñosa, atenta, de buen carácter. Sabía cuándo debía pasar inadvertida, y cuándo hacerse notar. Y eso que acababa de cumplir nueve años. Se los celebraron donde la "mamita Leo", cuestión que no ocurría en su familia. Y hasta le hicieron regalos.

Pero Paola puede haber percibido, en forma casi inconsciente, que nada era gratis. Y que si quería seguir siendo aceptada donde doña Leonor, tenía que llevarse bien con toda la gente que entraba y salía en esa casa. Porque estaban el señor Miguel, conviviente de la mami Leo; los tíos Carlos y Guillermo, ex parejas de Leonor, que a veces aparecían; Vanessa y su compañero, que también se llamaba Miguel; los dos hijos de Vanessa; el vecino que trabajaba con Leonor, al que le decían Enry y que era como parte de esa familia; y Arturo, el hijo de la "mami Leo" que de repente llegaba de Santiago y se quedaba por tanto tiempo…

La mamita Leo la tenía advertida: nada de ir con cuentos donde sus papás, porque Diosito la iba a abandonar, y ella también, y tendría que volver a estar sola porque sus papás se iban a ir y la dejarían de nuevo, les confidenciaba a las asistentes sociales.

A veces, Paola se divertía. Jugaba con Damaris, la hija de Vanessa que tenía cinco años y a quien también debía cuidar. Damaris tenía un cuarto lindo. ¿Le advirtió, acaso, la mamita Leo que cuando fueran las visitadoras del SENAME tenía que decir que ésa era su pieza?

LA ÚLTIMA VISITA DE LA SEÑORITA SHIRLEY

Cada cierto tiempo llegaba la asistente social Shirley Balcázar, de la Oficina de Protección de la Infancia, al hogar de Leonor Villalobos. La dueña de casa era atenta con ella. Siempre tenía historias que contarle. Le hablaba de los avances de Paola en sus estudios, y de cómo la niña ya se había incorporado totalmente como una más de su familia.

—Ven, Paola, ven. Cuéntale a la señorita Shirley cómo estás.

Y la chica, que sabía cómo agradar a la mamita Leo, le comentaba a la asistente lo bien que la trataban en esa casa.

La señorita Shirley escribió en su informe del 26 de julio de 2010 que doña Leonor Villalobos ejercía el cuidado responsable de la niña. Que cumplía un rol educador, de protección y de mantención económica.

De lo último, a nadie le podía caber dudas. Es que Leonor Villalobos era el sostén de todos los que vivían bajo ese techo y para ello tenía que trabajar duro. Por eso, cuando llegaba a su casa los demás debían servirla. La mujer se instalaba en la mesa del comedor. Pedía los fósforos y el cenicero y, mientras le preparaban el té, se ponía a fumar y a sacar cuentas.

Otras veces gritaba. Había que poner orden en esa casa donde todos dependían de ella.

De acuerdo a los relatos de las asistentes sociales, a veces Paola se colgaba de su cintura, como haciendo un trencito, y la seguía por la casa. La niña buscaba su cariño y es posible que en algún momento Leonor se enterneciera ante la inocencia. Capaz que hasta fuera cierto que de alguna manera viera reflejada su infancia en la de Paola. Pero, si era así, ¿por qué la hacía trabajar tanto, siendo tan niña? ¿Por qué si Benjamín se caía, la culpaban a ella? ¿Si la Damaris estaba mañosa, la tía Vanessa se enojaba con ella? Paola prefería encargarse de los chicos para que no hubiera tanta pelea en la casa. Eso sí que la asustaba.

—Ven, Paola, muéstrale tus notas a la señorita Shirley.

La asistente social apuntó en su reporte: Tres anotaciones positivas. Por cooperadora, por esforzada, por ser responsable con sus materiales de estudio y por sus esmeros en la realización de actividades escolares.

La niña estaba cursando segundo básico y, según el informe, presentaba buen rendimiento escolar, excepto en Lenguaje y Matemática, con promedio 4,4 y 4,6.

Sin embargo, es curioso que la asistente social no haya advertido que el año anterior la chica terminó el primero básico con un 6,6 de promedio, muy superior a la media de su curso. Y ahora, en cambio, sus notas habían bajado.

Pero Shirley especifica, en su informe del 26 de julio de 2010, que en la familia de doña Leonor le entregaban el apoyo y hábitos de estudio para mejorar la situación[2].

Por ese tiempo, Paola había comenzado a frecuentar a su familia los sábados y domingos en el centro Manantial, donde estaban internos sus hermanos.

Un día Leonor se quejó con la asistente social: le dijo que los padres de Paola no cumplían los horarios establecidos, y que en dos ocasiones no llegaron a buscarla. Y que por eso ella no envió a la semana siguiente a la niña a encontrarse con sus padres y hermanos.

Fue toda una declaración de guerra entre los Villalobos y los Pacajes Canqui.

Simón partió a la feria a enfrentar a Leonor:

—¡Usted, iñora, me tiene que pasar a la Paola!

Quién sabe qué más le dijo y qué le respondió doña Leo, a quien nadie le levantaba la voz.

Leonor Villalobos no se quedaría de brazos cruzados. Cuando le contó este incidente a la visitadora social, le dijo que después de estos hechos la niña presentó problemas de salud y que por eso dejó de enviarla a los encuentros con su familia.

La directora del Centro Manantial no le creyó. Le pidió un certificado médico para corroborar la inasistencia de la hija de los Pacajes Canqui.

—Paola, cuéntale a la señorita Shirley los problemas que tienes el fin de semana, cuando vas donde tus papás.

---

[2] Informe situacional de la Oficina de Protección de Derechos de la Infancia, del 26 de julio de 2010, firmado por la asistente social Shirley Balcázar.

Shirley Balcázar informó que la niña le había manifestado que no podía hacer sus tareas los fines de semana, y que sus papás hablaban mal de la "mamita Leo".

También le dijo que en varias salidas la habían llevado a la casa de la población Juan Pablo II, cuestión que, según la visitadora, a Leonor Villalobos la tenía sumamente preocupada porque sabía que el hombre que había abusado de la hermanastra de Paola vivía casi al lado.

A raíz de ello, la asistente social fue a visitar la vivienda de los Pacajes Canqui. Cuando llegó, encontró a Simón con su hija menor, Mirza, que había sido autorizada por la directora del centro Manantial para estar con su padre ese fin de semana. Mery, le dijo Simón, andaba en Arica realizando trámites. Fue lo que informó de esa visita la asistente social.

También detalló en su reporte que tomaron contacto con Germán Valderrama, el director de la escuela a la que asistía Paola, y que el hombre les contó que los padres habían llegado al colegio a ver a la niña, pero que él no los autorizó. Por ese tiempo, la apoderada era Leonor Villalobos.

Pero, ¿qué movía a Leonor Villalobos? ¿Qué pasaba en su psiquis?

Cuando la sicóloga Carla Zepeda, del Programa de Diagnóstico DAM Copiapó, la entrevistó al comienzo del proceso legal, reparó en que Leonor frenaba sus emociones e impulsos. Su interpretación fue que la mujer mostraba este rasgo "debido al impacto afectivo que le resulta muy intenso, reprimiendo los afectos con el fin de recibir adecuadamente las demandas emocionales del medio". Concluyó que necesitaba controlarlas con el fin de reaccionar de forma asertiva hacia su medio, "lo cual la lleva a mantener un excesivo control y falta de espontaneidad".

Al evaluar el lenguaje de la guardadora, la profesional sentenció: "Discurso reflexivo y un lenguaje claro y fluido, evidenciando coherencia durante todo el proceso de evaluación. Muestra afectación emocional al referirse a las situaciones que presentaba Paola, proyectándola a su niñez".

Paola era una niña inteligente, de acuerdo a los informes que hicieron las sicólogas y según advirtió su madre, Mery. Seguramente se daba cuenta de que la "mamita Leo" se comportaba en forma distinta cuando estaba la sicóloga. Pero si lo pensó, fue un secreto que se llevaría a su tumba. Al menos, la mamita Leo le daba techo y comida… y a veces hasta le compraba regalos.

Cuando tenía pena, quizás, pensaba en su madre, que la había cargado a sus espaldas hasta después que aprendió a caminar. Y tal vez recordaba la risa de su papá Simón. ¿Por qué la habían dejado sola? Eso la confundía y así lo manifestó en sus reuniones terapéuticas.

También echaba de menos a sus hermanos. Pero cuando los iba a visitar al hogar donde estaban viviendo, peleaban, según contaron sus hermanas Mirza y Mariela. "Es que no le gustaba que le hicieran preguntas", cuenta Mariela. No quería contarles cómo transcurría su vida en la casa de Leonor. Además, se veían tan unidos, y ella se sentía como aparte.

No, la Paola no quería estar sola. Necesitaba arrimarse a alguien que viera fuerte, la guardadora, esa mujer que, a ojos de la señorita Shirley, "contaba con recursos personales y emocionales para satisfacer las necesidades de Paola Pacajes, y que se presentaba como un referente de protección".

Pero la sicóloga Carla Zepeda alcanzó a advertir un hecho inquietante cuando evaluó a Leonor Villalobos: "En el proceso evolutivo se consigna la obstaculización que presenta la señora Leonor para que la niña mantenga una correcta vinculación con sus hermanos, y su falta de interés porque esta situación mejore".

Otro dato que le llamó la atención fue que Leonor dijera desconocer información relevante, como el nombre de la madre de Paola, teniendo en cuenta que en su relato dijo comunicarse en varias ocasiones con ella. "(Es) Importante señalar que la evaluada dé una solución al impedimento que presenta para que Paola interactúe con sus hermanos, siendo esto esencial para la mantención de los vínculos familiares de la niña, necesarios de reforzar"[3].

El mes de julio fue el último en que la señorita Shirley visitó la casa de Leonor.

Ya comenzaban a asomarse aspectos inquietantes de la situación de Paola con su guardadora, que quedaron al descubierto cuando, a partir de agosto, el PIB Horizonte de Copiapó se hizo cargo de apoyar sicológicamente a la familia Pacajes Canqui, con atenciones personales y visitas domiciliarias.

En agosto, Simón Pacajes volvió a quedar sin trabajo a raíz de un hecho que estremeció al mundo.

---

[3] Carla Zepeda Zuleta, psicóloga DAM Copiapó-Tierra Amarilla. Corporación Opción.

CUANDO SE CERRÓ LA MINA SAN JOSÉ

Simón estaba poniendo todo su empeño para recuperar a sus hijos. Juntaba dinero para arreglar su casa, para que cambiara ese aspecto de mediagua que habían cuestionado las funcionarias de la Oficina de Protección de la Infancia, y para darle un mejor vivir a su familia. Tenía un empleo como transportista en la mina San José, a 45 kilómetros de la ciudad de Copiapó, cuando el 5 de agosto de 2010 se produjo el derrumbe que dejó atrapados a 33 mineros, 700 metros bajo tierra.

Inmediatamente se detuvieron las faenas de la mina y durante dos meses y ocho días Copiapó pareció paralizarse en torno a la tragedia. Un drama que golpeó directamente a Simón Pacajes no sólo porque ocurrió en la mina donde trabajaba, sino porque Carlos Mamani, uno de los 33 atrapados, era primo suyo.

Los únicos que ganaron fueron los comerciantes que se instalaron a proveer a la multitud de periodistas que desde todas partes del mundo llegaron a reportear la noticia, incluyendo la cadena de televisión árabe Al Jazeera.

Copiapó se había convertido en el epicentro donde todos miraban, especialmente el Presidente de la República, Sebastián Piñera, que no cesó en buscar todas las ayudas y los apoyos necesarios para salvar a los mineros sepultados en vida.

La madrugada del 13 de octubre de 2010 se produjo el más grande y más exitoso rescate de la historia de la minería a nivel mundial. El momento lo vieron más de mil millones de telespectadores y se convirtió en el evento con mayor cobertura mediática, sólo superado por el funeral de Michael Jackson en 2009 y por la misión del Apolo XI en 1969.

Mery y Simón estaban aún más contentos que casi todos en Chile, porque se había salvado su primo. Pero ese mismo día supieron que la compañía San Esteban, dueña de la ahora famosa mina de oro y cobre, no volvería a funcionar. Nuevamente, el padre de Paola quedaba cesante.

La noche se les vino encima. Los niños seguirían bajo las medidas de protección dispuestas por el tribunal, mientras la situación económica de los padres no repuntara. Mery Canqui partió a Arica a buscar trabajo con la intención de no volver hasta conseguir el dinero suficiente para recuperar a sus hijos. La relación no andaba bien con Simón: ambos se culpaban por la dispersión de la familia.

La audiencia de revisión de la medida quedó fijada para el 10 de noviembre de 2010. Un mes antes, el PIB Horizonte informó al tribunal que habían tomado contacto con Mery en Arica, y que se le sugirió regresar a Copiapó. También entrevistaron a Simón, quien se mostró dispuesto a hacer todo por recuperar a los niños. Por lo mismo, decidió participar en el PIB Horizonte, donde debía asistir a terapia y a sesiones de orientación.

Mery escuchó los consejos del Programa Horizonte y volvió para seguir luchando por sus hijos.

Durante una larga sesión con la asistente social Gladys Ariela Hube, Simón le contó que añoraba ver a su hija, pero que cada vez se le hacía más difícil porque la guardadora de la niña no lo dejaba acercarse.

Precisamente esa tarde, Gladys Hube iría a visitar a Paola. Simón le pidió acompañarla. Le dijo que sólo quería saber cómo estaba su hija, que no quería molestar. A lo mejor podría saludarla.

Cuando llegaron donde Leonor, la mujer los recibió de forma poco gentil.

—¿Está la niña? —preguntó la asistente social.

—Él —respondió Leonor mirando a Simón— no tiene nada que hacer aquí. Y usted no tiene autorización para hacer visitas a mi casa, ni controlarnos.

—Mire, no queremos molestarla, usted está en su casa, pero sí debo ver a la niña.

Gladys Hube debió imponerse. Le pidió a Simón Pacajes que esperara afuera y entró a la casa de Leonor.

—¿Y el resto de la familia? —consultó la asistente social. Cuestión que de inmediato frenó en seco Leonor Villalobos:

—Usted no tiene por qué meterse, su deber es sólo ver a la Paola así que limítese a eso.

Eran las 18:40 horas de ese día de visita, en agosto. Llegó al patio de la casa y vio a Paola con las manos en una batea lavando ropa. La niña llevaba una polera de manga corta y la asistente social recuerda que el atardecer estaba helado. Pero lo que más la inquietó fue que Paola tenía la ropa y los zapatos mojados.

Gladys Hube enfrentó a la cuidadora:

—¿Por qué la niña está lavando ropa? Esa no es una tarea para una menor. Usted tiene que preocuparse de cuidar y proteger a Paola, no pedirle que haga trabajos de adulto.

—Yo le estoy enseñando a hacer tareas de mujeres —rebatió Leonor, abiertamente ofuscada.

La asistente social le preguntó, por qué la niña había faltado a las visitas con su familia en el centro Manantial y a sus actividades en el PIB Horizonte. Leonor Villalobos le contestó que Paola había estado resfriada.

BROTES DE PRIMAVERA

La primavera sacó a flote, ese año 2010, los sentimientos guardados en el alma de Paola. En una conversación con la psicóloga Carolina León, del PIB Horizonte, la niña le confesó que se sentía abandonada por sus padres y que no quería volver con ellos hasta que estuvieran bien.

—¿Qué significa que estén bien, Paola?

—Que tengan una casa segura para nosotros, para que podamos estar con mis hermanos… Mis hermanos no me quieren, pelean conmigo. Mi papá me reta porque me echa la culpa cuando peleo con la Mirza.

—¿No quieres vivir nunca más con tus padres, Paola?

—Sí, pero que no me vuelvan a abandonar…

Esa misma primavera, la sicóloga Carolina León también se entrevistó con la cuidadora de Paola. Doña Leonor repitió la misma historia que contó desde un principio a las funcionarias de la Oficina de Protección de la Infancia: que conoció a la niña mendigando en la feria, que andaba acompañada de una mujer, vistiendo harapos.

Lástima.

Fue la palabra que usó Leonor para explicar lo que sintió por Paola. Por *lástima* se ofreció para hacerse cargo de la niña, aseguró.

Desde noviembre del 2009 la tenía en su casa. Cuando volvieron sus padres la fueron a visitar, pero según su relato no fueron gentiles con ella. Es más, se quejó de que la insultaron en varias ocasiones. Por último, Leonor protestó porque la directora del hogar Manantial se metía mucho en sus cosas, que era invasiva porque le demandaba responsabilidades, ya que la obligaba a que Paola se vinculara con sus padres.

Antes de terminar septiembre, las profesionales del PIB Horizonte volvieron a reunirse con Paola. La psicóloga Carolina León y la asistente social Gladys Hube descubrieron, entonces, que había algo en la cuidadora que afectaba a la niña: "Logramos pesquisar una manipulación por parte de la señora Leonor hacia Paola en contra de sus progenitores, ya que actualmente se visualiza un fuerte vínculo entre Paola, sus padres y sus hermanos", vínculo que antes se había visto cortado por influencia de la cuidadora.

Ese informe lo recibió el tribunal de familia el primero de octubre de 2010.

La niña había empezado a cambiar su discurso inicial. Ya no quería seguir viviendo con la cuidadora, ni tampoco afirmaba, como antes, que la "mamita Leo" la protegía. Deseaba irse al hogar Manantial, donde estaban sus hermanos… decía que los extrañaba.

Algo había cambiado en la casa de doña Leo. Algo que inquietaba a Paola…

CAPÍTULO 4
EL MIEDO

Hace tiempo que la comida se le atraganta, que se pone una puertecita en su garganta y le impide que algo pase a su estómago. Así se lo dijo Paola a su padre.

El otro día Simón la vio muy flaca y le compró un jarabe para el apetito. Y hoy, 15 de octubre del año 2010, la psicóloga Carolina León le hace preguntas y ella está nerviosa, y le tiembla la voz y las manos le transpiran cuando responde:

—La señora Leo es buena conmigo. Me trata bien, me cuida, me enseña cosas del colegio. No, yo no tengo problemas con la señora Leo.

—¿Y entonces qué te pasa, Paola?

—Es que estoy asustada… es que vi al Elvis, el tío que hizo eso con la Mariela…

Debe haber sido una de las últimas en verlo, porque el "tío Elvis" desapareció y no se presentó a las audiencias en el tribunal.

—¿Dónde lo viste, Paola?

—En el colectivo… ¡me dio mucho miedo!

Paola estaba dando señales claras de que algo le había ocurrido, que remeció el pequeño piso de su inestable existencia.

"Tengo miedo de salir sola a la calle", le dice a la psicóloga. Quiere entrar al hogar Manantial, donde están sus hermanos, y ver a sus padres sin que haya problemas… los problemas que pone doña Leo cuando los visita.

El informe de la psicóloga Carolina León y de la asistente social Gladys Hube señala que la niña requiere una firme contención para reparar un "daño emocional latente".

UNA FUERTE ALERTA AL TRIBUNAL

Las profesionales del Programa de Intervención Breve (PIB Horizonte) quedaron preocupadas. Advirtieron que la situación de Paola se estaba volviendo crítica; había que hacer algo, urgente.

Conversaron con la madre, Mery Canqui. La notaron deprimida. Dijo que estaba muy mal porque Simón no había cumplido su promesa de arrendar una casa en otro sector, para así poder recuperar a sus hijos. La relación entre ellos se había resentido; discutían porque no encontraban salida a su problema.

La intervención de las profesionales permitió renovar el compromiso de Mery y Simón para asistir a las sesiones terapéuticas en el PIB Horizonte, y los encuentros regulares con los hijos en el Centro Manantial se transformaron en la única instancia de gratificación familiar.

Al comenzar noviembre, los niños se mostraban cada vez más cariñosos con los padres. Las encargadas del hogar advirtieron que, cuando terminaban las visitas, los hijos de Mery Canqui entraban en un estado de tristeza.

Pero la terapia social con Mery resultaba lenta, especialmente por su dificultad de expresión. Y Simón a duras penas iba a los encuentros familiares de fin de semana, porque estaba trabajando en una mina en Antofagasta.

Mery también consiguió un empleo, nuevamente como temporera en un fundo del valle de Copiapó, donde le pagaban $172 mil mensuales. Seguía habitando la casa de la toma en la población Juan Pablo II, construida con material de desecho conseguido por Simón, y piso de tierra endurecido con piedras en algunas habitaciones. Prácticamente no tenían muebles, salvo una cocinilla, lavaplatos, un sillón, una pequeña mesa y pocos utensilios de cocina. El baño sólo contaba con una taza y un lavamanos. No había alcantarillado ni red de agua potable, ni menos medidor de electricidad.

La madre de Paola no lograba organizar su vida de manera de resolver sus problemas; reaccionaba por instinto. Su estilo de apego carecía de cercanía con los niños. Aunque querendona, Mery era áspera.

Después de analizar todo el cuadro familiar, en noviembre de 2010 las profesionales del PIB Horizonte fueron claras en recomendar al tribunal de familia "ingresar a Paola al Centro Manantial debido a que la niña refiere explícitamente querer estar junto a sus hermanos. Además, resulta beneficioso para el desarrollo personal de las niñas permanecer juntas en pro de mantener y fortalecer el vínculo fraternal. De igual forma la intervención se ha visto dificultada por la permanencia de Paola en el hogar de la señora Leonor".

El mensaje a los jueces no podía ser más claro. La próxima audiencia para resolver qué pasaría con los hijos de Mery y Simón se acercaba, cuando la sicóloga Carolina León se reunió con la cuidadora.

INDECISIONES AL LLEGAR EL DÍA CLAVE

Era 9 de noviembre de 2010 cuando Leonor Villalobos les manifestó a las profesionales del PIB Horizonte su preocupación por Paola. Les dijo que desde hacía un par de días la veía triste y alterada. Que lo atribuía a la proximidad de la audiencia, ya que la niña estaba indecisa entre quedarse con ella o ir al hogar Manantial con sus hermanos, dijo.

En cuanto a ella, sostuvo que estaba aburrida de los problemas con la madre de Paola y con el Centro Manantial, así que prefería desistir de su cuidado. Aseguró que iría al tribunal a declarar que ya no podía hacerse cargo.

La asistente social Gladys Ariela Hube y la psicóloga Carolina León le explicaron que era necesario que lo decidiera a la brevedad.

Paola, en tanto, estaba cada día más insegura. Ya no quería irse al Centro Manantial…

—¿Por qué, Paola?

—Porque mis hermanos no me quieren… Voy a extrañar a doña Leo y además ya no me van a llevar a la iglesia, yo estoy tomada de la mano de Diosito y no quiero dejar de ir a la iglesia.

—¿Pero qué te asusta, Paola?

—¿Y si nadie me cuida en la residencia donde están mis hermanos, y si ellos pelean conmigo? Me da miedo arrepentirme.

—Paola, Paolita, nada malo te va a pasar. No lo vamos a permitir. La decisión que tú tomes será la correcta.

Algo lograron tranquilizarla las especialistas, pero no lo suficiente para calmar esa angustia que la corroía por dentro.

Hasta que llegó el día 10 de noviembre, cuando se celebraba la audiencia para revisar la medida de protección dispuesta para los hijos de Mery. El tribunal, sin embargo, no escuchó la recomendación de las expertas del PIB Horizonte: el juez Andrés Ramos Parra resolvió mantener la medida de protección a las niñas, y Paola debió seguir con la cuidadora, quien no cumplió con su anuncio de desistirse de continuar a cargo de la niña.

El magistrado pidió, eso sí, que hubiera un contacto más regular entre los hermanos. Sin embargo, ese encuentro debía ser expresamente supervisado por funcionarios del centro Manantial, de modo que Paola y sus hermanos no podrían ver a sus padres en otro lugar que no fuera ese.

La próxima audiencia para revisar la medida quedó fijada para el 7 de enero del año siguiente. Pero un hecho inesperado cambió el orden de las cosas… aunque hay algo que nunca varió: los jueces jamás escucharon directamente a Paola.

UN LLAMADO DE AUXILIO

Quince días después de la última audiencia en el tribunal, una desesperada Paola le ruega a su profesora que llame a su mamá, que necesita verla con urgencia. La niña llora. La maestra accede y se comunica con Mery Canqui. Le explica que la pequeña está muy triste y le pide que vaya a buscarla porque se encuentra nerviosa.

Mery partió de inmediato. La profesora le entregó a Paola, explicándole lo angustiada que estaba la chica. La madre se dirigió con la niña a la sede del PIB Horizonte. Después de relatar lo ocurrido, dijo que llevaría a la menor a ver a sus hermanos al centro Manantial, para calmarla, y que luego la regresaría donde la cuidadora Leonor Villalobos. Antes de partir, la psicóloga y la asistente social conversaron con Paola y ella les dijo, categóricamente, que quería vivir con sus hermanos.

Algo se había quebrado definitivamente para la chica, en el círculo de Leonor que antes sentía protector.

Desde las mismas dependencias, las profesionales llamaron a Leonor Villalobos para avisarle que la niña estaba ahí. Doña Leo quedó descompuesta y, en un tono duro, respondió que no se encontraba en su casa; que había viajado a Santiago.

Después del incidente, desde el mismo PIB Horizonte dieron cuenta de lo ocurrido a la curadora *ad litem*, la encargada de velar por los derechos de la niña en el tribunal, que en este caso era Marisol Delgado. Y a su vez, le advirtieron a Mery que no debía retirar a la niña del colegio mientras estuviera a cargo de la cuidadora, aún cuando su hija la llamara, porque eso le traería conflictos con el tribunal.

La asistente social Gladys Hube junto con su colega Paula Penna la acompañó a entregar a la niña a la casa de Leonor Villalobos. Vanessa, la hija de doña Leonor, salió a atenderlas. Grande fue la sorpresa de la visitadora social cuando acompañó a Paola a su habitación.

Ahí se dio cuenta de que el dormitorio que supuestamente habían destinado a la chica, no era su cuarto. La niña la condujo hasta el patio trasero, a una pieza con agujeros en el techo, en los muros y en la puerta. Era una bodega. Su cama consistía en un colchón de espuma que la asistente social encontró sucio y en mal estado de conservación, al igual que las sábanas y las frazadas, "desaseadas y con mal olor". Su ropa estaba tirada en el suelo.

Gladys Hube quedó impresionada. "Se visualizan los cables de la instalación eléctrica que cuelgan del techo, lo cual pone en riesgo a Paola y a cualquier niño que lo manipule, más aún que el techo se encuentra con forados y en momentos de lluvia correrían gran riesgo", describió y tomó fotografías del lugar con su celular, para llevar evidencia.

Cuando Vanessa se dio cuenta de lo que había visto la asistente social, reprendió a Paola. Gladys Hube intervino indicándole que no debía culpar a la niña.

Al día siguiente llegó Leonor Villalobos a reclamar al PIB Horizonte por la "entrometida" visita de la asistente social, y a advertir que ya no quería seguir con el tutelaje, ya que no tenía "ningún parentesco" con ella. Además, dijo, no tenía tiempo para preocuparse siempre del cuidado de la niña, ni menos para participar de las intervenciones programadas por ese centro de intervención breve.

Las funcionarias del PIB Horizonte decidieron insistir ante el tribunal, pidiendo que resolviera a favor de los derechos de Paola; es decir, que la sacara de esa casa de Leonor y que fuera ingresada al centro Manantial, junto a sus hermanos.

RELACIÓN PATOLÓGICA

La última semana de noviembre de 2010 la psicóloga Carolina León le hizo una completa evaluación a Paola. Ahí quedó claramente reflejada su inteligencia: "Impresiona con un buen nivel de creatividad y procesos mentales rápidos, visualizándose un estilo de pensamiento que se encuentra dentro del rango esperado para su etapa evolutiva. Se pesquisa una adecuada capacidad de análisis en la elaboración de juicios y abstracción".

Los problemas de la niña estaban en otra área:

"Paola presenta sentimientos de angustia e incertidumbre, producto de la situación que vivencia actualmente con respecto a su futuro a nivel familiar. Evidencia conflictos emocionales, debidos principalmente a la inestabilidad familiar que llevan sus padres y a la falta de elementos protectores, tendiendo a conciliar situaciones estresantes que tienden a desestructurarla. Por otra parte, se visualizan sentimientos de inseguridad y temor, debidos principalmente a haber presenciado eventos traumáticos. Presenta temores frecuentes relacionados a haber vivenciado una situación de abandono y al hecho de presenciar actos violentos.
En el último tiempo, alrededor de un mes, está presentando miedos excesivos a situaciones u objetos que son injustificados, agitación motora, abulia, deterioro de la voluntad de actuar que se traduce en indecisión y en sentimiento de impotencia, falta de ánimo ya sea por razones externas e internas del individuo. Falta de autoestima".

En el área familiar afloraba su sentimiento ambivalente:

"Percibe a sus padres como lejanos, debido a que se ha sentido abandonada por ellos, por lo cual genera un sentimiento de amor-odio, reflejado en una necesidad excesiva de contacto, con el propósito de sentirse protegida, buscando constantemente el afecto por parte de ellos. La niña tiende a victimizarse, producto de las constantes vulneraciones sufridas. Además, tiende a justificar acciones adultas a modo de aminorar los hechos, con el propósito de no generar mayores conflictos. Comenta que está dispuesta a volver al lado de sus padres siempre y cuando no la abandonen, y le den un techo digno".

En cuanto al vínculo con Leonor Villalobos, la psicóloga observó:

"Es de tipo simbiótica co-dependiente, basada en una relación patológica, marcada por la constante necesidad de aprobación de su cuidadora, en donde se limita su autonomía y su opinión personal, dificultándose el desarrollo sano de la niña.
Esta relación se aprecia estrecha y absorbente por parte de la cuidadora hacia Paola, en donde se percibe anulación total de los deseos de la niña, dificultándose la interacción social de Paola con el entorno y el adecuado desarrollo personal".

Por último, la profesional precisó:

"Se puede inferir que Paola no ha logrado adaptarse satisfactoriamente a la dinámica familiar existente en el hogar de la señora Leonor, desarrollando elevados niveles de ansiedad, observando conductas ansiosas y de temor injustificado hacia ella, tendiendo a ser conciliadora entre los conflictos y a desarrollar sintomatología depresiva al ser separada de su familia de origen".

El diagnóstico: "Trastorno actual adaptativo, el cual se presenta por síntomas de angustia, abulia, estado de ánimo deprimido y contención".

Y la conclusión: "Daño emocional latente, marcado por el abandono y la vulneración de derechos".

Pero los jueces no escucharon las señales desesperadas de la niña, ni los informes de las profesionales. En cambio, oyeron el reclamo de su cuidadora, que se acercó al tribunal a protestar por el control que le estaban haciendo las funcionarias del PIB Horizonte. Fue así como el 29 de noviembre, la jueza Pamela de la Peña Salazar decidió que se investigara la "intromisión" del PIB Horizonte en la casa de Leonor Villalobos:

"Atendido el tenor de lo informado por Leonor Villalobos, resuelve que pasen los antecedentes al miembro del consejo técnico del tribunal a fin que indague el motivo por el cual el PIB efectúa control social a la solicitante. Si éste se encuadra dentro del plan de trabajo o si fue sugerido por alguna persona o institución determinada; que se le haga presente al PIB las diversas resoluciones del tribunal en cuanto al cuidado provisorio de la niña, las implicancias que su intromisión en contrario podrían generar y se pronuncie acerca de la pertinencia de modificar el programa a cargo de la intervención decretada el 28 de abril de 2010. Y, finalmente, lograr información acerca de la efectividad de haber obtenido las profesionales del centro registros fotográficos del inmueble de la solicitante, sin su autorización y, en su caso, la autorización firmada de la solicitante de dicha diligencia".

La respuesta a la jueza Pamela de la Peña Salazar no se hizo esperar, y dejó al descubierto el grave conflicto que se producía entre dos instancias destinadas a proteger a los hijos de Mery.

Para obtener la información requerida por la magistrada, la consejera técnica Danitza Martínez se comunicó telefónicamente con la directora del PIB Horizonte, quien le señaló que el sistema de visitas a la casa de Leonor Villalobos, de acuerdo a la carta de compromiso firmada, era con o sin previo aviso. Y que, efectivamente, la asistente social Gladys Hube, en una visita sin previo aviso, sacó una fotografía con la intención de mostrarle la real situación en que se encontraba Paola.

En esa conversación, la directora del PIB Horizonte le manifestó que doña Leonor tenía un doble discurso: a las profesionales del PIB Horizonte les decía que ya no quería seguir a cargo de la niña y en las audiencias manifestaba lo contrario.

Con estos antecedentes, la consejera técnica Danitza Martínez concluyó que, según lo observado en la causa, se había producido un conflicto relacional entre las profesionales del PIB Horizonte y la cuidadora Leonor Villalobos. Esa situación, a su juicio, había afectado el vínculo de confianza necesario para el proceso de intervención en la dinámica familiar.

Tomando abierto partido por la cuidadora, la funcionaria informó al tribunal: "Se observa un sesgo de las profesionales que intervienen, en cuanto a su interés porque la niña sea ingresada al centro Manantial, utilizando para ello estrategias que no se condicen con la ética profesional, como es obtener una foto sin permiso de la dueña de casa".

¿Por qué la consejera técnica del tribunal, Danitza Martínez Cuadra, calificaba como "un sesgo" de las profesionales el interés de ellas porque Paola fuera ingresada al centro Manantial? ¿No era, acaso, obligación de la sicóloga y de la asistente social referir al tribunal lo que resultaba más apropiado para la protección de Paola, dado lo que ellas habían observado?

No fue eso lo que estimó la consejera. Por el contrario, advirtió que "la continuación de la intervención por parte del PIB Horizonte no resulta pertinente, considerando que la cuidadora no posee la permeabilidad para acoger las indicaciones del programa, más bien las percibe como una intromisión y, por otro lado, los canales de comunicación no están siendo fluidos entre las partes, generando distorsiones en cuanto al contenido del mensaje".

Al consejo técnico del tribunal de familia le preocupó que se hubiera fotografiado la casa de Leonor, más que lo que mostraba la foto misma: las vergonzosas condiciones en que dormía Paola. Tampoco se detuvo en las verdaderas razones de las alertas que dieron las profesionales del PIB Horizonte en orden a que era más conveniente que la niña fuera al hogar donde estaban sus hermanos y no siguiera al cuidado de Leonor Villalobos.

La consejera técnica sugirió a la jueza que le quitara el caso al PIB Horizonte y lo derivara a otro centro, el de Familia de Acogida Padre Hurtado, para la intervención transitoria.

La decisión la adoptaría la magistrada en una audiencia en el tribunal, que fijó para el 7 de enero de 2011.

A principios de diciembre, la cuidadora anunció a las visitadoras Gladys Hube y Carolina León que en la próxima audiencia entregaría definitivamente a Paola. Pero el penúltimo día de ese año 2010 sorpresivamente presentó una solicitud al tribunal para salir de vacaciones con la niña… a Carrizal Bajo. Era el segundo verano que la llevaría.

UNA DECISIÓN FATAL

Esa Navidad, los hijos de Mery Canqui recibieron regalos en el Centro Manantial. Estaban contentos. No como el año pasado, cuando todo, todo les salió mal: a Mery no le pagaron el total de su sueldo, la oficina de Turbus a donde Simón había mandado dinero desde Arica estaba cerrada, y apenas les alcanzó para cenar un pollo y se fueron a acostar. En realidad, esa Pascua no había mucho que celebrar. Días antes habían llamado al 133 para denunciar ante Carabineros la violación reiterada que sufrió Mariela, Paola se había ido de la casa con doña Leonor y Simón no volvía. Y antes de comenzar el Año Nuevo, Simón y Mery habían perdido a todos sus hijos, como medida cautelar por una denuncia de abandono.

Había pasado un año desde aquella experiencia. Difícil, pero comenzaban a salir a flote. Mariela cumplió 15; se mantenía en tratamiento reparatorio por su situación de abuso sexual, y asistía cada dos semanas al Centro de Víctimas de Delitos Violentos. Fue promovida a séptimo básico con promedio 6,1. Su hermano Carlos, a pesar de su retardo mental moderado, se adaptó a la rutina de la residencia Manantial y se mostraba dócil y cooperador. Mirza, con cinco años y ocho meses, andaba últimamente irritable y con pataletas, y despertaba en las noches pidiendo ver a su madre. Siempre tuvo una conexión especial con su hermana Paola.

Pero, sumando y restando, ¿había esperanza? ¿Volverían a estar todos juntos? ¿O para los Pacajes Canqui la esperanza estaba vetada y cada situación era susceptible de empeorar?

El año 2011 partió con malos augurios. Paola y Leonor habían tomado una decisión que las puso en caminos opuestos. La niña ya estaba segura: quería irse con sus hermanos. Leonor tenía otra certeza: se quedaría con Paola; iría con ella a Carrizal Bajo.

El 5 de enero, una vez más, el tribunal le dio la razón a Leonor Villalobos Alday. Fue así como la jueza Pamela de la Peña Salazar autorizó la salida de la niña, de Copiapó a Carrizal Bajo, con su cuidadora. Consideró que podría resultar beneficioso para la menor salir de vacaciones entre el 8 de enero y el 28 de febrero.

Es posible que haya pensado que la niña haría castillos de arena a la orilla del mar. Hubiera sido hermoso, sí, que levantara esas fortalezas ilusorias aunque fueran de arena y duraran sólo minutos.

Eran casi dos meses de vacaciones… ¿no sería mucho tiempo lejos de su familia? Y justo ahora, cuando Paola lo tenía decidido: quería estar con sus hermanos.

Mery y Simón se enteraron días después de la resolución de la magistrada: "Conforme con lo resuelto, se suspende la relación directa y regular de la niña con sus padres, durante el periodo que se encuentre fuera de Copiapó"[4].

¿Qué sentiría Paola?

La audiencia fijada para 7 de enero de 2011 se pospuso dos semanas.

---

[4] Resolución de la jueza Pamela de la Peña Salazar, del 5 de enero de 2011. Juzgado de Familia de Copiapó.

Tres días antes, mientras Paola se encontraba con su cuidadora en Carrizal Bajo, llegó hasta el balneario la asistente social Paula Penna, del PIB Horizonte, a verificar el estado de la niña. Conversó con doña Leonor, quien le contó que Paola bajaba por la tarde a la playa con su nieto Benjamín. Y la chica le dijo que le gustaba mucho ir a ese lugar. Al día siguiente, la visitadora constató que la niña fue a la playa con Benjamín. Según los vecinos de Carrizal Bajo, debe haber sido la única vez que lo hizo, porque jamás la vieron jugando a la orilla del mar; más bien la observaban ayudando en la tienda que instaló doña Leonor, y saliendo a comprar el pan temprano en la mañana.

Al escribir su informe, Penna señaló que "la niña se encuentra en condiciones aptas para permanecer en el lugar, cubriendo todas sus necesidades básicas".

El 20 de enero, Leonor Villalobos y Paola Pacajes Canqui asistieron a la postergada audiencia en el tribunal de Copiapó. Ese día, la cuidadora salió nuevamente triunfante del juzgado. La jueza Macarena Navarrete González mantuvo las medidas de protección a todos los hijos de Mery. Pero hizo una concesión: aumentó los días de visita de Paola a sus hermanos, autorizando que permaneciera con ellos sábados, domingos y feriados desde la una de la tarde hasta las ocho de la noche.

Y, como medida excepcional, decretó que la niña podría quedarse en el Centro Manantial, para que compartiera con sus hermanos, desde el 10 hasta el 14 de febrero.

Leonor no viajó desde Carrizal Bajo a dejar a Paola a Copiapó el 10 de febrero; la llevaron su conviviente, don Miguel, y su vecino, Henry. Justo ese día era el cumpleaños de Carlos, el hermano de la niña, y toda la familia se reunió en el Centro Manantial. Salieron a comprar una torta para celebrar, recuerda Mery. En el camino Mariela se peleó con Paola por una tontera. "Pero le pedí perdón", dice la hermana. Y todos juntos le cantaron a Carlos.

En los días siguientes la niña no les confidenció nada en particular a sus hermanas. Seguía retraída, aunque en esta ocasión la notaron más dispuesta a jugar. Incluso Mirza y Mariela recuerdan que se rasguñó un brazo haciendo la posición invertida.

Cuando se despidieron, el 14 de febrero, nadie sospechó que esa sería la última vez que verían a la chica despierta, inteligente, de pelo oscuro ondulado hasta más abajo de los hombros, piernecitas delgadas y ojos café oscuros que alguna vez, siendo más pequeña aún, brillaban como pocos.

Últimamente tenía una mirada taciturna. La asistente social Gladys Ariela Hube dice que "a veces la encontraba mirando el techo, pegada".

¿Qué pasa, Paola?, le preguntaba y ella le respondía "que echaba mucho de menos a su mamá, a sus hermanitos y que tenía mucha pena de lo que le había pasado a su hermana, porque supo que la habían violado".

CAPÍTULO 5

INCENDIO EN CARRIZAL

Entre los años 1850 y 1900, Carrizal fue uno de los puertos más importantes de Chile. Tenía entonces ocho mil habitantes y un ferrocarril unía los poblados con sectores mineros como Canto del Agua y Carrizal Alto. Llegó a presentar una de las mayores producciones de cobre, hasta que en 1900 vino el declive y Carrizal Alto desapareció.

Sin puerto y con escaso movimiento minero, el sector pareció borrarse del mapa. Fue precisamente lo que llevó al Frente Patriótico Manuel Rodríguez a escoger esa zona para efectuar el plan más grande de internación de armas destinadas a derrocar el régimen militar. En 1986, Carrizal Bajo se volvió célebre al ser desbaratada en sus playas la operación que permitió que durante cuatro meses un comando frentista desembarcara y ocultara un arsenal de ocho toneladas. Pero las fuerzas de seguridad del régimen los descubrieron y recuperaron el 90% del armamento.

Pasado el impacto noticioso, Carrizal Bajo recuperó la paz, sólo levemente alterada durante las vacaciones, cuando los vallenarinos llegan a veranear a esa tranquila caleta de arenas blancas y mar calmo, donde la mayoría de sus apenas 300 habitantes se dedica a la pesca.

Todavía quedan lugareños que conocieron a los frentistas que se instalaron por largo tiempo ahí. Uno de ellos es la alcaldesa de Mar, Magaly del Carmen Salinas Montenegro, quien registró la recalada de cada una de las naves que trajeron el explosivo cargamento.

La alcaldesa de Mar también conoció a Paola… se enteró al despuntar el día de lo que ocurrió la madrugada del 28 de febrero de 2011, a pocas cuadras de su casa.

* * *

La luz se cortó a las doce y media de la noche, como siempre. Algunos vecinos encendieron el motor de su propio generador para seguir viendo a Chayanne, el artista estrella del Festival de Viña del Mar de ese año, que a esa hora cantaba "Fiesta, en América fiesta".

En la casa antigua, la de la esquina, dormían la cuidadora Leonor con Miguel, su pareja; y Herman Pasten, el amigo de la familia que estaba veraneando con ellos, compartía pieza con Benjamín, el pequeño nieto de Leonor. En la casa nueva, la del lado, comunicada por un patio común, tenía su habitación la madre de Leonor, doña Delia del Rosario Riquelme Alday, de 94 años. La abuela dormía en una cama de dos plazas, separada por un velador del catre que instalaron para Paola. En el patio común estaba la carpa de Arturo, hijo de la guardadora.

Eran alrededor de las tres de la madrugada cuando se escucharon unos alaridos. Era la anciana pidiendo socorro.

Acto seguido se oyeron unos fuertes golpes en la puerta del patio, mientras Arturo, el hijo de Leonor, le gritaba a Herman:

—¡Levántate *weón*, que mi abuela con la Paola se están quemando!

Entre gritos, golpes y voces, Leonor Villalobos saltó de su cama, tomó una linterna y salió a ver qué ocurría. En el patio se topó con Arturo en calzoncillos. Corrió y vio a su madre, que estaba en pijama, apoyada en la puerta de la casa nueva, gritándole a Arturo que buscara a Paola.

La vecina Jéssica Álvarez también despertó con los gritos. Se asomó a la ventana y le pareció ver una llama grande en el centro de la habitación de doña Delia, justo frente a su pieza. El humo lo cubría todo.

—¡Jaime, se incendia la casa de la vecina! —le gritó a su marido, Jaime Contreras, y salieron corriendo a ayudar.

Ante la imposibilidad de entrar por la puerta de la habitación en llamas, "el Perno", como apodaban al vecino, tomó una picota e intentó romper el muro detrás de la casa. Debió desistir de su intento y atajar a Leonor, que intentaba abrirse paso entre el fuego.

—¡Tírele agua con la manguera! —le suplicó Leonor a Jaime.

El hombre corrió a buscar la manguera, rompió la ventana del dormitorio de doña Delia y lanzó el chorro de agua, hasta que logró extinguir el fuego.

Entonces entró Leonor al dormitorio de su madre, seguida de Arturo. Tanteando entre el humo, llegó hasta la cama de una plaza, tocó algo que parecía la mano de Paola y la arrastró en medio de la oscuridad hacia el pasillo, entre el baño y la cocina.

Alguien prendió la linterna y enfocó el rostro de Paola. Estaba negro, calcinado. La luz recorrió luego el cuerpo inerte de la niña y el horror hizo presa de todos los que observaban.

Leonor quedó paralizada. Arturo comenzó a darse golpes de cabeza contra la pared, a la vez que gritaba:

—¡Se murió la Paola! ¡Se murió la Paola!

Miguel, el conviviente de Leonor, le pegó dos cachetadas.

"ASFIXIA POR HUMO", LA CAUSA BASAL

Arturo despertó en los brazos de Miguel Rojas, el conviviente de su madre. Por segundos, había perdido el conocimiento. Quizás qué cortocircuitos hubo en su cerebro en el momento en que vio ese cuerpo en posición fetal, carbonizado.

Al escuchar que la niña estaba muerta, Jéssica partió al teléfono público ubicado en la casa de Maritza Argote, a llamar a la ambulancia y a Carabineros.

—Señora Maritza, necesito ocupar el teléfono. Es que hubo un accidente en la casa de la señora Delia, un incendio... ¡se murió la "peruanita" que vivía con ella!

En eso apareció la madre de Maritza quien, al ver tan agitada a Jéssica, marcó ella misma el número y avisó a Bomberos y Carabineros.

En tanto, Herman, Jaime y Miguel revisaban la casa nueva de doña Delia, en busca de otros posibles focos de fuego. Pero no había nada. Las llamas habían durado no más de 15 minutos, lo suficiente para terminar con la vida de Paola.

Leonor se vistió y llevó a su madre a la casa de los Zavala, al otro lado de la cancha, en la misma calle Errázuriz.

Jaime reparó en que el cuerpo de la niña seguía tendido en el piso y lo cubrió con una frazada. Luego se fue a cambiar de ropa y a ponerse zapatos.

Transcurrió una media hora cuando llegaron los bomberos de Huasco. Y luego la ambulancia. Y más tarde Carabineros.

Comenzaba a amanecer en Carrizal Bajo cuando la casa de doña Delia se llenó de investigadores. Tomaron fotos, desarmaron todo el interior de la pieza de la anciana.

El parte-denuncia número 00067 de la Tenencia de Freirina, ingresado el 1 de marzo de 2011, dice que a las cuatro y media de la mañana recibieron un llamado telefónico al 133 de Maritza del Carmen Argote Torres, informando de un incendio en la calle Errázuriz sin número, de la comuna de Carrizal Bajo, y que, al parecer, habría una menor fallecida producto del incendio.

Tres carabineros de la Tenencia de Freirina, comuna de Huasco, concurrieron al lugar. Entrevistaron a Leonor Villalobos, quien les señaló que a eso de las tres y media de la mañana despertó alertada por los gritos de su hijo. Al llegar a la casa de su madre, contigua a la suya, se percató que se estaba incendiando el dormitorio, pero que la anciana logró escapar de las llamas, no así la niña, que quedó atrapada en el interior.

A consecuencia del siniestro, continúa el parte, "resultaron los siguientes daños en el inmueble: Una marquesa de una plaza, con colchón y ropa de cama, totalmente quemados, y la puerta de entrada al dormitorio (que casi esquinaba con la cama) también quemada".

El paramédico que llegó en la ambulancia del Hospital de Huasco constató el fallecimiento de Paola Pacajes Canqui, de 10 años.

Al tomar conocimiento, el fiscal de turno, Jorge Hernández Ángel, impartió instrucciones para que la Brigada de Homicidios de la PDI de Vallenar hiciera un peritaje personal y entregara el cadáver a la funeraria Godoy, para su traslado al Servicio Médico Legal.

Wilson Jacinto Gómez Barrera, funcionario de la funeraria Godoy, recibió el cuerpo de la niña cubierto con una frazada rosada.

El parte policial indica: "Conforme al peritaje realizado por la PDI, la causa de la muerte se produjo por asfixia por humo".

LO QUE VIO EL CAPITÁN DE BOMBEROS

El capitán Claudio Moyano, al mando del equipo de ocho voluntarios de la 2ª Compañía de Bomberos de Huasco, llegó a la casa de Delia del Rosario Riquelme Alday cuando el fuego se había extinguido por completo. Inspeccionó el lugar y su gente tomó fotografías. Al ingresar al dormitorio de la abuela, los bomberos apreciaron "gran cantidad de calcinación en la cama en donde dormía la menor fallecida. El hollín que se depositó en el cielo de la habitación y la muestra de exfoliación, tanto en el cielo como en las paredes de la habitación, evidencian que no se produjo un fuego generalizado".

El informe de la 2ª Compañía, firmado por el director Claudio Cereceda, dice: "Las marcas dejadas por el fuego son regulares, lo que descartaría la presencia de acelerantes ya que éstos se caracterizan por dejar irregularidades en la trayectoria del fuego".

Por último, los bomberos determinaron el punto de origen en la cabecera de la cama siniestrada y "no se pudo determinar la fuente de ignición", esto es, el mecanismo que produce la chispa.

No muy lejos de allí, a las 8:10 de la mañana, la alcaldesa de Mar, Magaly Salinas, fue a sacar el candado de la reja de su casa y le llamó la atención un vehículo. Era una camioneta roja con un logotipo de Carabineros, estacionado en su calle, Alcaldía de Mar sin número. Caminó hasta la avenida principal y alguien le comentó: "Parece que hay un accidente". Se puso a llamar a la puerta de un negocio, para que le abrieran y así poder comprar cigarrillos.

Había cinco personas en la esquina de la calle Freire, comentando el hecho. La alcaldesa de Mar recuerda:

—Llegó el conviviente de la señora Leonor y contó que la niña había salido como a las tres de la noche al baño y dejó la vela encendida. Luego se acercó la secretaria del agua potable de Carrizal, que está a cargo del teléfono público, y dijo que Jéssica había ido a pedir el teléfono.

A Magaly Salinas algo no le calzó en esa historia. No era posible que esa niñita hubiera muerto de esa forma.

El tiempo le daría la razón.

A eso de las 10 de la mañana, todo Carrizal Bajo estaba enterado de la muerte de Paola Pacajes Canqui. A esa misma hora, Violeta González Riquelme, hermanastra de Leonor, se llevaba a la madre de ambas de regreso a Copiapó. Había que alejar a la anciana de la tragedia.

DESESPERADAMENTE BUSCANDO A MERY

La directora del hogar Manantial, Aurora Barrios, fue la primera en enterarse de la noticia en Copiapó.

Deben haber sido las ocho y media de la mañana del lunes 28 de febrero de 2011, cuando recibió un llamado que la dejó temblando de pies a cabeza.

Era un carabinero de Freirina:

—Señora, ¿qué relación tiene usted con la menor Paola Pacajes?

—¿Yo?, ninguna. Yo cuido a sus tres hermanos. Soy la directora del Centro Manantial, un hogar de protección —le contestó.

Leonor Villalobos le había dado su número telefónico a Carabineros, indicando que ella le podía explicar por qué la niña estaba con ella.

—¿Por qué usted le dio a esta señora a la niña? —preguntó el policía en tono áspero.

—Yo no he dado a nadie en protección. De eso se encarga el tribunal. Pero, ¿por qué me hace estas preguntas? ¿Qué pasa con Paola?

—Señora... hubo un incendio y la menor, al parecer, habría muerto.

En sus más de seis años a la cabeza de la residencia y en sus 49 de vida, Barrios nunca había enfrentado una situación igual. Mientras corrían sus lágrimas y secaba sus narices con un pañuelo de papel, no podía evitar el recuerdo de sus discusiones con la gente de los tribunales de familia, que no entendían que Paola estaba siendo dañada en el hogar de la cuidadora. Tanto que les insistió que la dejaran en esa residencia y que la sacaran de la casa de doña Leonor...

Aurora tuvo problemas con doña Leonor desde que solicitó al tribunal que la niña aumentara los contactos con su familia.

Se le vino a la mente ese día en que la llamó la directora del PIB Horizonte, Jenny González, para pedirle consejo, ya que Paola estaba tan angustiada que su madre debió ir a buscarla al colegio. Aurora le sugirió que fuera inmediatamente al Juzgado de Familia a hablar con un consejero técnico para conseguir una audiencia confidencial con el juez. Jenny hizo la gestión, pero le fue mal; la consejera le respondió que la niña debía volver con la guardadora. Y entonces fue que las asistentes sociales del PIB, Gladys Ariela Hube y Paula Penna acompañaron a la niña hasta el domicilio de Leonor y vieron dónde en verdad dormía Paola. Jenny le contó a Aurora y decidieron ir juntas a conversar al tribunal con la curadora Marisol Delgado. Más tarde le relataría a la policía que la curadora "ni siquiera quiso ver las fotografías (de la bodega que le habían asignado como cuarto a la menor), señalando que las asistentes sociales habían hecho algo ilegal".

Se asomó por la ventana y se estremeció al pensar que la niña podría haber estado ahí, junto a sus hermanos. No siguió en sus meditaciones porque tenía que actuar. Rápidamente se repuso y llamó al tribunal. Le contestó la consejera técnica Danitza Martínez, la misma que también había cuestionado el informe sobre maltrato a Paola hecho por la asistente social Gladys Hube, el que incluía las fotos del lugar donde dormía la niña.

—Danitza, me acaban de avisar que la Paola parece que está muerta, se quemó en un incendio.

La consejera técnica le avisó a la jueza Macarena Navarrete, quien ordenó que llamaran a carabineros de Freirina y así obtener mayor información. Hasta el momento, todo era potencial: la niña habría muerto, la niña sería Paola. No fue mucho más lo que pudieron averiguar desde el juzgado. Pero al poco rato recibieron un llamado de la misma tenencia de Freirina y el carabinero Carlos Fernández solicitó todos los antecedentes de Paola Pacajes.

Más tarde, la directora del Centro Manantial llegó al tribunal. Le urgía saber sobre la situación de la niña. Contó que había intentado ubicar a la madre, Mery Canqui, pero su celular arrojaba buzón de voz. Además, estaba trabajando en los parronales, al interior de Copiapó, donde no llegaba la señal. En tanto, Simón Pacajes estaba en Arica y su celular tampoco respondía. Desde el tribunal repitieron los llamados a los padres de Paola, pero seguían sin contestar. A Simón le dejaron un mensaje: "Comuníquese urgente con la consejera técnica del tribunal de Familia de Copiapó".

Aurora Barrios regresó al Hogar Manantial y se dispuso a cumplir la dura tarea de informarles a los hermanos de Paola.

—Fue todo terrible, desgastante para mí, doloroso. Los cité, hablé primero con la hermana mayor, Mariela. Le dije y se puso a llorar sin consuelo. Fue muy, pero muy triste para ella. La abrazamos, la contuvimos, estuvimos con ella hasta tranquilizarla. Después hablamos con la hermana menor, Mirza, y con su hermano Carlos. Mirza como que no entendía bien la situación, no alcanzaba a comprender el significado de la muerte. Y Carlos, por su grado de comprensión cognitivo, tampoco.

La jueza dispuso que una patrulla de carabineros acudiera al valle de Copiapó, a los parronales, y que volviera con Mery Canqui.

Mientras tanto, la consejera técnica volvió a llamar al retén de Freirina, donde le informaron que el cuerpo de Paola ya estaba en el Servicio Médico Legal de Vallenar. Desde allí le confirmaron que la menor había llegado y que el doctor Fernando Córdova realizaría la autopsia, después de volver de colación. "¿Y hay alguien con ella?", preguntó la consejera. Le respondieron que nadie se había acercado a preguntar por la niña.

Un par de horas después, Danitza Martínez llamó nuevamente al Servicio Médico Legal de Vallenar y ya estaba el doctor practicando la autopsia. Hacía unos instantes que en el lugar se encontraba la cuidadora, Leonor Villalobos, acompañada de un familiar.

La consejera Danitza Martínez pidió hablar con Leonor, quien le dijo que ya tenía todo dispuesto para trasladar el cadáver a Copiapó.

El Servicio Médico Legal requería una orden escrita autorizando la entrega del cuerpo a una persona adulta. Legalmente la niña estaba bajo la protección de Leonor Villalobos, de modo que la orden debería llevar su nombre. Pero, ¿a quién le asistía, verdaderamente, el derecho sobre los restos?

En justicia… ¿qué justicia? ¿La que le había entregado la niña a Leonor Villalobos? ¿Quién era realmente Leonor Villalobos? ¿Acaso la cuidadora ejemplar, que le daba protección y le inculcaba valores a Paola, como decían los primeros informes que entregaba la asistente social Shirley Balcázar, de la Oficina de Protección de la Infancia? ¿O era la malévola mujer que tenía a la niña durmiendo en una bodega y lavando la ropa, y atendiendo los deberes de una adulta en la casa de doña Leonor, como informó la trabajadora social Gladys Ariela Hube, del PIB Horizonte? ¿O, quizás, la buena mujer que quiso llevar a la niña a veranear con ella a Carrizal Bajo y la mala fortuna hizo que Paola muriera accidentalmente en el incendio?

Paola no supo, en vida, lo que era justicia. Tampoco lo entendía su madre, Mery Canqui. Lo único que le restaba era trabajar duro para mejorar las condiciones de su vivienda y así demostrar que ella podía hacerse cargo de sus hijos. En los parronales trabajaba de sol a sol. Salía de su casa a las seis de la mañana y nunca volvía antes de las diez de la noche. Su aliciente era que el fin de semana podría visitar a sus niños… menos a la Paolita, que estaba en Carrizal. Pero, por suerte, ya se acababa el tiempo y doña Leonor se había comprometido a regresar con ella a Copiapó el 28 de febrero.

Nunca se imaginó que la tendría de vuelta en calidad de cadáver.

"ANOCHE SOÑÉ CON ELLA"

La jueza Macarena Navarrete, la misma que confirmó la autorización que había dado su colega Pamela de la Peña para que Paola fuera con su cuidadora a Carrizal Bajo, debió firmar una seguidilla de resoluciones ese 28 de febrero. La última sentencia ordenaba en forma trágica y absurda: "Habiendo fallecido la niña Paola Pacajes Canqui, se decreta el cese de la medida de protección a su respecto".

De todos modos, la magistrada dispuso que se le entregaran los restos de la niña a Leonor Villalobos "para el sólo efecto de realizar las gestiones para su traslado a Copiapó".

Una vez en la ciudad, Leonor Villalobos debía contactarse con la directora del centro Manantial, para que ella gestionara y coordinara las demás diligencias incluyendo velatorio, entierro, inscripción de la defunción, "coordinándose con la madre de la niña, doña Mery Canqui Atahuichi".

Pero, ¿dónde estaba Mery?

La patrulla de carabineros la encontró en el campo. La llevaron a la ciudad sin decirle lo que había sucedido; sólo le explicaron que en el juzgado la necesitaban. Pero Mery tenía malos presentimientos. Algo grave le había pasado a la Paola, de eso estaba segura. A eso de las 18:20 horas del 28 de febrero recibió la noticia de boca de Aurora Barrios.

—Fue desgarrador tener que contarle a esa madre que su hija había muerto.

—¿Cómo reaccionó Mery?

—Yo creo que una madre siempre intuye. Ella se abrazó a mí y gritaba: "¡Yo sabía que algo le había pasado a la Paolita, porque anoche soñé con ella! ¡A la Paolita la mataron!

—¿Qué le dijo usted?

—Que no, que "fue un accidente, quédese tranquila", le dije. Es un dolor que nadie puede imaginar. La traje en mi auto al Centro Manantial y autorizamos que su hija Mariela se quedara con ella esa noche. Posteriormente hicimos los trámites para que ella con don Simón viajaran al día siguiente a Vallenar, con profesionales del PIB Horizonte.

La noticia corrió entre los funcionarios de tribunales y de los organismos dependientes del Sename. La asistente social Gladys Ariela Hube se había alejado de sus funciones después que el juzgado de familia cuestionó su trabajo. La psicóloga Carolina León Olivares, que hacía dupla con ella, la llamó a su casa para avisarle. Su llanto cruzó la línea telefónica.

—No sabía qué hacer. Me puse en contacto al tiro con la señora Mery. Lo único que Mery me decía era: "Mi niñita, mi niñita, me mataron a mi niñita".

LA PENA DE TODOS

Mery no lograba reponerse de ese dolor que se le instaló en el corazón, como si un cuchillo la estuviera clavando permanentemente, desde que ese atardecer del lunes 28 de febrero se enteró de la muerte de Paola, en una sala del tribunal de familia. Primero le dijeron que la niña estaba accidentada. "La quiero ver", contestó escueta, como siempre, mientras las lágrimas se le escapaban contra su voluntad. Luego la directora de Manantial le indicó: "Cálmate, toma agua". Aurora Barrios intentó consolarla y, abrazándola, le dijo: "Tienes que ser fuerte, porque la Paola no está accidentada, la Paolita falleció".

Mery necesitaba ver el cuerpo de su hija. Le prometieron que lo haría al día siguiente.

Simón llegó casi al amanecer desde Arica. Lo acompañó Arnoldo, hermano de Mery, en un largo viaje donde debieron cambiar de un transporte a otro para llegar sin tanta tardanza.

El primero de marzo, la prensa local publicó la noticia en sus páginas policiales: "Niña boliviana muere calcinada en incendio", tituló la agencia ORBE. Y el Diario de Atacama escribió una extensa crónica:

"Un fin de verano trágico vivieron los vecinos de Carrizal Bajo que, con impotencia, vieron cómo la pieza de una vivienda ardía en llamas, terminando con la vida de una menor de tan sólo diez años. La niña, de nacionalidad boliviana, fue identificada como Paola Pacajes Canqui. Vivió el último de los veranos de su vida en una vivienda ubicada en Carrizal Bajo, cuando por causas que se investigan comenzó un incendio".

Los medios de comunicación destacaron que la menor "se encontraba bajo la custodia de una señora de 56 años, ya que el Tribunal de Familia determinó su cuidado por una situación de vulneración familiar".

El periódico local señaló que los vecinos, a pesar de sus esfuerzos, no lograron controlar el siniestro y que la pequeña falleció. "Tras lo ocurrido, personal de Carabineros de Vallenar llegó hasta el lugar para la respectiva denuncia. Se aisló el sitio del suceso y los testigos están citados a declarar. Se está haciendo una investigación de la situación de la custodia de la menor", informó Alexis Pérez, capitán de Carabineros.

La noticia terminaba indicando que "hasta ahora se descarta la participación de terceros en su muerte".

Mery y Simón esperaron el martes para ver el cuerpo de Paola, pero al no conseguirlo partieron a la televisión de Copiapó a reclamar.

No sabían que los restos de la niña seguían siendo sometidos a pericias en la morgue de Vallenar. Como no llegaban a Copiapó, la directora del hogar Manantial se puso de acuerdo con la directora del PIB Horizonte para organizar el viaje de Mery y Simón, autorizadas por el tribunal.

Fue así como el miércoles partieron Simón, Mery y su hermano a Vallenar. Los acompañaban la asistente social Paula Penna y la sicóloga Carolina Olivares.

Paula Penna estaba en ese tiempo subrogando a la directora del PIB Horizonte, que se encontraba con licencia por enfermedad. Estremecida, le correspondió acompañar a la madre de Paola cuando fue a reconocer el cadáver de su hija e incluso a conseguir el ataúd donde descansarían sus restos. Esta tarea debe haber sido particularmente dura para ella, la última profesional del PIB Horizonte que hizo un informe de Paola, cuando la enviaron a visitarla a Carrizal Bajo tres días antes de la última audiencia que tuvo en el tribunal, y dijo que la niña se encontraba "en condiciones aptas". No alcanzó a darse cuenta que le habían hecho una puesta en escena.

Ella había sido testigo del día en que Gladys Ariela Hube tomó las fotos de la bodega donde dormía Paola. También, en otra visita a la casa de Leonor en Copiapó, notó que la niña, en forma casi automática, se levantó para ir a ver a Benjamín, el nieto de doña Leo que lloraba en la otra pieza. Pero Leonor la paró y en forma muy sarcástica —como relataría más tarde a la policía— le dijo: "Para dónde vas, si tú no estás para cuidar al bebé". Todo esto fue advertido al tribunal con detalle, aseguró Paula Penna durante la investigación: "en ese momento estaba, al parecer, la jueza Edith Herrera Moya y no me tomó en cuenta… Fueron informadas al juzgado todas las vulneraciones y no nos tomaron en cuenta".

A la policía le contó que todo lo anterior se lo detalló a la curadora Marisol Delgado. "No obstante no nos creyó lo que estábamos diciendo respecto a la situación de Paola. Incluso en audiencia ni siquiera nos saludaba; ella tenía una estrecha relación con la guardadora Leonor Villalobos".

También responsabilizaba a la consejera técnica del juzgado de familia, quien, según dijo, "en un momento le pidió a Ariela (Gladys Hube) que borrara las fotografías que había tomado en la casa de la guardadora de Paola porque según ella eran ilegales".

Paula Penna, que acompañaba ahora a Mery Canqui en busca de los restos de su hija, tenía una carga demasiado fuerte frente al caso de Paola.

Cuando llegaron a la morgue les dijeron que no podían retirar el cuerpo. Le estaban haciendo una ampliación de autopsia. Además, de acuerdo al tribunal, la autorizada para sacarla era Leonor.

A Mery Canqui la llevaron a Investigaciones a declarar. Regresaron esa tarde a Copiapó y al día siguiente debieron partir nuevamente a Vallenar y le volvieron a decir que no podía llevarse los restos. "Por lo menos déjenme reconocerla", rogó Mery.

En vista de la nueva negativa, Mery decidió recurrir al alcalde de Vallenar. Ella lo conocía. Había hablado con él durante la tragedia de la mina San José, ya que entre los 33 mineros atrapados bajo tierra, estaba el primo de Simón, el boliviano Carlos Mamani.

Fue con Simón y con su hermano Orlando. Cuando llegaban a la puerta de la Gobernación, donde le habían dicho que se encontraba el alcalde, la llamó Paula: "Señora Mery, ahora vamos a ver el cuerpo".

Al fin vería a su hija, aunque fuera sin vida. El camino se le hizo eterno. Los pies querían ir más rápido de lo que le permitía su cuerpo.

Lo que quedaba de la niña estaba sobre una camilla alta, según recuerda Mery.

—Le conocí los dientes.

Era lo único que quedaba reconocible de Paola. Sus dientes, con las paletas más grandes. A Mery no le cupo duda: era su hija.

Finalmente, la jueza Macarena Navarrete resolvió que le entregaran a Mery, y no a Leonor, el cuerpo de la niña.

LA ÚLTIMA PALADA DE TIERRA

Ese mismo día regresaron a Copiapó, siguiendo el vehículo de la funeraria. La velaron en la capilla de la iglesia Candelaria. La directora del Centro Manantial, Aurora Barrios, habló con el cura párroco para que le hicieran un responso.

"Llegaron casi todos los profesionales que habían visto su caso. Estaba la gente de la Oficina de Protección de los Derechos de la Infancia, la del PIB Horizonte", recuerda Aurora Barrios.

Tiempo después, durante su declaración a la policía, la directora del Centro Manantial señaló que la tragedia pudo haberse evitado: "desde el primer momento solicité que Paola debía estar con sus hermanos, en la residencia Manantial. No obstante, tanto la curadora como la OPD (Oficina de Protección de la Infancia) no lo veían así y defendían que la niña debía estar junto al grupo familiar de Leonor Villalobos. No obstante, no existía una indagación completa de la red familiar".

Gladys Ariela Hube, la asistente social que había tomado la foto donde dormía Paola en casa de Leonor, acompañó a Mery durante todo el velorio, hasta que subieron la urna de Paola al vehículo que la transportaría a Arica, donde la fueron a enterrar. Allá vivían familiares y, además, los parientes de Bolivia podrían llegar con más facilidad. Los Pacajes Canqui habían echado más raíces en el límite con su país que en Copiapó.

El 3 de marzo de ese año 2011 a la medianoche, en un bus Expreso Norte, viajaron a Arica. Llegaron al despuntar el sol el día viernes, con dos de los tres hermanos de Paola: Mariela y Carlos, que fueron autorizados a dejar unos días el hogar Manantial. Mirza se quedó en el Centro Manantial, asistida por las profesionales.

Durante todo el viernes la velaron en una vivienda de los Pacajes en una población en toma, donde llegaron los parientes de Mery y Simón.

Al día siguiente partieron al pueblo San Miguel de Azapa, ubicado a unos 15 kilómetros del centro de Arica. Paradójicamente, ahí vivieron los primeros esclavos negros traídos a Chile, y en ese lugar recuperaron su libertad… la libertad que al fin parecía conquistar Paola.

Ahí se encuentra el Cementerio San Miguel de Azapa, el más antiguo del continente, con 10 mil años. Cruzando un largo camino de asfalto rodeado de un valle donde cultivan principalmente aceitunas, los deudos de Paola, unas 15 personas entre niños y adultos, llegaron con sus mejores ropas y flores de papel, a dejar sus restos.

A eso del mediodía, se quedaron en silencio. Nadie discurseó, nadie dijo amén. Cuando los sepultureros arrojaron la última palada de tierra sobre el ataúd, Mery rompió en llanto y no pudo más; se le doblaron las piernas, cayó desmayada. A su lado, Simón, Mariela y Carlos dejaban correr las lágrimas…

CAPÍTULO 6
LA GRAN SOSPECHA

El 28 de febrero de 2011, Jorge Hernández Ángel despertó de madrugada con el sonido de su celular. Era Carabineros.

El abogado de 40 años es uno de los tres fiscales que atienden la provincia de Huasco, y se encontraba de turno cuando sucedió la tragedia en Carrizal Bajo.

Tiene nítido el recuerdo del momento en que lo llamaron para informarle que había ocurrido un incendio, y que había muerto una niña.

—Me dijeron que aparentemente se trataba de un accidente. Que una señora habría dejado una vela encendida que se cayó, provocando el fuego en una de las piezas de la casa.

Hasta ahí, se trataba de un hecho más en su rutina de 12 años trabajando para la Fiscalía. Pero algo le llamó la atención: le contaron que una anciana que dormía en el mismo cuarto de la niña había logrado escapar.

¿Cómo pudo huir la anciana y no la niña?

Fue su primera campanada de alerta.

En ese momento había otro procedimiento en la zona, para el cual había llegado la Brigada de Homicidios de Copiapó. Jorge Hernández decidió llamar a los efectivos para que se dirigieran al sitio del suceso, en Carrizal Bajo.

—Me llamaron posteriormente y me informaron que, efectivamente, había ocurrido un accidente, debido a que una vela se cayó de una especie de velador y, al volcarse, terminó por incendiar la totalidad de la habitación. Que había escapado la anciana. Y la niña, al parecer, estaba muy dormida y producto del humo se quedó en la cama en posición fetal y falleció.

Fue la versión que circuló en los primeros días después de la tragedia, mientras los Pacajes Canqui sepultaban a su hija. Y la historia que se asumió como verdadera hasta aproximadamente mayo de ese año 2011. Pero, paralelamente, comenzaría a armarse un puzzle de insospechadas complejidades, a medida que el fiscal y el médico legista de la morgue de Vallenar se sumergían en el caso.

Cuando recibió el primer informe de la policía, el fiscal Jorge Hernández Ángel empezó a analizar las piezas del rompecabezas y algunas no le cuadraban. El sitio del suceso, por ejemplo, arrojó una evidente incoherencia: La cama de la niña se hallaba en una posición que le facilitaba la huida, porque estaba cerca de la puerta.

Pidió que trasladaran el cadáver a la morgue de Vallenar para hacerle la autopsia. La medida causó extrañeza al encargado del Servicio Médico Legal, ya que normalmente en casos de accidente se hace un examen externo. El análisis tanatológico sólo se realiza cuando hay presunciones de participación de terceros en la muerte.

—Fiscal, esta niñita tiene el cuerpo bastante quemado. ¿Será necesario hacer la autopsia? —preguntó el médico forense.

El fiscal le explicó que algo no le cuadraba, pero sin entrar en detalles le dijo al tanatólogo:

—Doctor, ¿sabe qué? Revise a la niña.

El médico practicó la autopsia y lo llamó para informarle lo que había apreciado: un desgarro vaginal amplio y dilatación anal. La niña, le dijo, había sido violada.

El doctor le hizo un detallado informe:

—Me señaló que le hizo un lavado vaginal y que todo indicaba que la menor había sido abusada. En cuanto a la causa de muerte, la niña falleció producto del humo.

Había dos hechos en torno a Paola Pacajes: la violación y la muerte. ¿Estaban vinculados ambos?

El fiscal Hernández pidió que se ampliara la autopsia. La primera se refería exclusivamente a la causa de muerte por aspiración de humo y a la existencia de lesiones atribuibles a terceras personas.

—El médico logró ver lesiones dentro de todo el cuerpo quemado. Me dijo "la niña tiene unos desgarros atroces". Pensé: esto es violación y homicidio. Aquí a la niña la mataron.

Fue su hipótesis. Apenas una hipótesis por la que debía comenzar a explorar para descubrir un camino que intuía oscuro y escabroso.

En ese momento, quien tenía la primera palabra era el médico legista.

EL CADÁVER HABLA

El doctor Fernando Córdova Guerra tiene 58 años y 33 de oficio. Como especialista en cirugía general, se desempeña en el moderno Hospital de Vallenar. Y como legista, ha hecho más de mil autopsias.

Por eso, no se impresionó cuando vio los restos de Paola sobre la camilla de la Morgue, pese a lo complejo que es examinar un cuerpo calcinado en un 90 por ciento. Sí lo hizo cuando realizó una ampliación de la autopsia, en la cual se demoró, calcula, unas dos horas.

Habitualmente los cuerpos inertes le llegan sin muchos antecedentes, de modo que el forense hace un examen y sólo si aparece algo que escape a lo habitual procede a una profundización. En este caso, su trabajo se veía dificultado por las condiciones en que se encontraban varios órganos.

—Estaban carbonizados toda la cara, el tórax y la parte superior del abdomen —recuerda.

¿Cómo pudo el doctor Córdova descubrir algo en este cuerpo calcinado? Cuando comenzó a revisarlo, observó que toda la zona genital se encontraba absolutamente conservada.

La primera incógnita a resolver era por qué había una zona casi intacta en el cuerpo de la niña.

El médico legista revisó con los policías las fotos del sitio del suceso. Les resultó evidente que la llama de una vela había iniciado el fuego de la cama de madera donde yacía Paola. Pero había algo curioso: el moltoplén (poliuretano) de la espuma del colchón era fácilmente inflamable y, sin embargo, había una zona que no estaba quemada, lo que hizo que una parte del cuerpo no resultara calcinada.

—El moltoplén de la espuma estaba húmedo en cierta zona. Puede haber estado con sangre y orina, producto de la violación. Eso hizo que esa parte no se quemara, porque estaba impregnada en líquidos.

Aunque en la provincia de Huasco hay una cierta frecuencia de casos de abusos sexuales, las muertes violentas no son tan habituales. Y menos con las características que fue descubriendo el médico legista.

—Esta menor fue violentada sexualmente mientras estaba viva, tanto anal como vaginalmente, y posteriormente se produjeron las quemaduras que causaron su muerte por asfixia, por aspiración de humo.

Paola no murió por efecto de la violación, pese a que la persona que la ultrajó se ensañó con violencia.

Cuando el facultativo examinó su cadáver, todavía seguía sangrando. El hecho de que el cuerpo se hubiera quemado no evitó que quedara sangre dentro del órgano lacerado y continuara derramándose al exterior.

Los datos de la autopsia revelaban, además, que entre el momento de la violación y de las quemaduras no pasaron más de 45 minutos.

La prueba de que la niña murió por asfixia fue que su boca y su nariz estaban llenas de espuma, señal inequívoca de que el humo ha entrado a los pulmones.

—El análisis de los órganos respiratorios nos demostró que, además de existir toda esta espuma, había carboncillo en los bronquios, en la tráquea… había restos de residuos de carbón en la vía aérea y eso sólo se produce al aspirar. No hay causa para que una persona que está fallecida tenga carboncillo dentro de su tráquea y de sus bronquios; es solamente por aspiración.

La pregunta más desgarradora estaba pendiente:

—¿Cuánto sufrió la niña?

—Yo creo que no alcanzó, porque el daño que le provocó el violador la llevó a la inconsciencia y a perder la absoluta noción de los hechos. Esta niña sufrió un *shock* por la violencia de la situación y cayó en inconsciencia, lo que la llevó a no tener reacción cuando se estaba quemando.

Había que buscar al violador.

El fiscal Jorge Hernández dio una orden verbal a la PDI para que tomara declaración a todos los que estaban en el lugar de los hechos el día del incendio.

—Cuando analicé a las personas que estaban en el sitio del suceso, había tres sospechosos que eran de casas distintas: el vecino, pero él tenía la coartada de que estaba con su esposa; otro hombre que también estaba ahí, pero era un abuelito. Y por otro lado estaba esta persona que era joven, que dormía en una carpa en el patio…

Se refería a Arturo Araya Villalobos, el hijo de Leonor, la cuidadora de Paola Pacajes.

—De los tres, todo me hacía pensar que podía ser él.

La investigación fue larga. Además de la difícil búsqueda de evidencias, ocurrió que el fiscal se accidentó en moto y se ausentó del tribunal. Recién en noviembre de ese año le hicieron pericias. Cuenta que le pidió a Cristina González, una fiscal de Copiapó experta en violaciones, que viera el tema de la prueba de ADN. Y que, cuando le preguntó cómo le había ido con el sospechoso, Cristina González le comentó: "No, Jorge, ese tipo no es. Estás mal; ese hombre es muy colaborativo, yo no creo que sea él".

Es que Arturo Araya se había allanado a que le hicieran la prueba de ADN. El fiscal Jorge Hernández no pudo evitar que se le saliera un "¡chuta!". ¿Y si no era él?

Pero el resultado de la prueba infalible del ADN le permitió tener la certeza de que Araya al menos sería el autor de la violación. Entonces pidió una orden de detención en su contra. Era diciembre de 2011.

—Cuando lo trajeron detenido al cuartel de la policía de la PDI desde Copiapó, porque tenía que pasar a control de detención al otro día, me avisaron: "Bueno, tenemos al tipo, está muy tranquilo; niega todo".

Hernández decidió ir a entrevistarlo personalmente. Llegó al cuartel policial y el subcomisario le avisó al detenido que el fiscal le iba a hacer algunas preguntas. Arturo Araya no puso obstáculos.

—Le empecé a preguntar y negó todo. No había visto un tipo más frío que él, manteniendo una calma increíble. De repente lo noté incómodo, demasiado contenido. Entonces le pedí al personal de la PDI que saliera de la oficina.

Le dijo que tenía derecho a guardar silencio. Y le agregó algo más:

—Si me ayudas en la investigación, yo te puedo ayudar a ti. Puedes tener circunstancias atenuantes…

El sospechoso pareció interesado. El fiscal llamó por teléfono a su abogada defensora, Loreto Llorente. Y ella le contestó que bueno, que si Araya quería hablar, le tomara declaración.

Comenzó a preparar el ambiente. "Cuéntame cómo fue todo esto", le dijo en tono afable, casi de confidente.

—Y ahí el tipo empezó con una historia casi de amor con la niña. "No, es que ella me provocaba", me dijo.

Con los abusadores, generalmente la técnica del fiscal Hernández es ser muy cercano y muy fraterno, fingir que en realidad entiende al sospechoso en sus problemas, decirle que eso les pasa a todos los hombres. Una vez que gana un poco de confianza, ahí empieza a preguntar. Esa fue la estrategia que usó con Arturo Araya. Inició así el interrogatorio:

—¿Y cómo era esta niña?

—Era tiradora, le gustaban los mayores —le contestó Araya.

Y siguió narrándole que estaban en un asado, que la niña lo empezó a "molestar", que comenzó una especie de "flirteo", que lo miraba mucho. Y que, bueno, después llegó la noche y él estaba ahí con ella y le iba a dar un beso y… En ese momento Araya interrumpió abruptamente su relato y le dijo al fiscal: "Bueno, ¿y cómo voy yo con esto?".

—Me cortó la historia justo ahí, y empezó a intentar una negociación conmigo, preguntándome cuánta sería la pena. Yo soy súper bueno para negociar. Tengo las tasas de acuerdo reparatorio más altas de la región, donde la víctima queda contenta y el autor se hace responsable.

Araya se lo dijo sin rodeos: Quería negociar la pena.

El fiscal quedó sorprendido.

—Tan frío era el tipo, que a mí me llamaba la atención. No había tenido un imputado así, en los 12 años que llevo. Cuando me dijo eso, le contesté: "Mira, no te puedo asegurar nada, pero si me cuentas todo bien, tal vez exista la posibilidad". Como no le aseguré una pena, el tipo no quiso seguir contando.

"Ah, entonces yo voy a guardar silencio", le contestó Arturo Araya y en ese momento Hernández tuvo claro el perfil del hombre, y no le cupo duda de que, con esa misma frialdad, le había prendido fuego a la niña.

Encontrar las pruebas que evidenciaran que el autor de la violación era el mismo que había provocado el incendio era la difícil tarea que tenía por delante.

A esas alturas, después de un año, el fiscal Jorge Hernández estaba convencido de que el incendio se había provocado para hacer desaparecer la evidencia. "Justamente el móvil del fuego fue esconder la evidencia", reflexiona hoy.

Hernández cree que Arturo Araya pensó que su plan estaba funcionando.

—La idea de quemar viva a la niña fue que no quedara vestigio. Y entonces creyó que la forma de zafarse era justamente colaborando y manteniendo su historia.

CÓMO SE ENTERARON LOS PADRES

Había una mujer que tenía plena certeza de lo que había ocurrido. Era Mery Canqui.

Lo supo desde el tercer día. La muerte de su hija, su querida Paola, la Paolita, no era accidental. Se lo dijo la propia niña en sucesivos sueños.

—El domingo falleció, el lunes me avisaron y el martes yo me soñé en la playa con mi hija. Me dijo, "mamá, mira, esto es lo que me pasó". Había sangre en la arena, pura sangre botada… Y entonces yo le contesté: "Paola, yo te dije, avísame hija, dime si te pasa algo. Y tú me mentiste". Después le dije: "Hijita… ", y la empecé a jalar, porque ella estaba como hundiéndose en el mar, y me desperté del sueño. Fui a decirle al juez: "A mi hija la han abusado". Y no me creyó.

Mery estaba por esa semana entre este mundo y el otro, el de más allá, donde se encontraba su hija. Tenía continuos sueños con ella. Le hablaba… Un día le pidió que le avisara quién era el asesino.

—"Muéstramelo, hija", le rogué. Justo fui a la feria y choqué con un hombre. Me encontré cara a cara con Arturo Araya y supe que era él.

Simón Pacajes compartía las sospechas de Mery las mismas que corroboraron cuando, 15 días después, fueron por primera vez a Carrizal Bajo a conocer el lugar donde Paola había encontrado la muerte.

—Cuando fuimos, ahí se vio que no era un accidente, como nos habían dicho.

—**¿Quién se lo dijo?**

—El vecino que apagó el fuego. En Carrizal hablamos con el vecino y con conocidas de la señora Leonor. Sabían casi todos.

Primero llegaron a Vallenar y, preguntando, dieron con Carrizal Bajo. Mery no pudo evitar el recuerdo de aquel día cuando en el tribunal de familia ella pidió que no autorizaran a su hija a viajar a ese lugar porque ella no podría verla, ya que no sabía cómo llegar hasta allá.

—Dimos con la casa preguntándole a la gente. Cuando llegamos, me puse a llorar y nada más. Un caballero nos invitó almuerzo. Mentimos, dijimos que éramos tíos de la Paolita porque pensé: capaz que nos vean que somos los padres y no nos avisen de lo que pasó. Después les dijimos que éramos los papás.

Simón Pacajes recuerda que cuando estaban en la casa se encontraron con la Policía de Investigaciones, quienes los llevaron a Vallenar de regreso. En el trayecto, los policías les hicieron preguntas. Entonces, Mery y Simón aprovecharon de contarles sus intuiciones y las de la propia gente de Carrizal. En esa conversación con los detectives, los padres de Paola notaron que los efectivos también dudaban que el incendio fuera accidental.

—**¿Qué hicieron ustedes?**

—Nosotros no podíamos hacer nada.

LAS "VÍCTIMAS 108"

Ahí estaban los Pacajes Canqui, sin capacidad de reacción y sin poder entender la información que les daban ni menos vislumbrar todo lo que venía. Tampoco esperaban mucho. El sistema judicial, para cualquiera, es engorroso; más para unos inmigrantes como ellos.

Eran lo que en la justicia chilena llaman las "víctimas 108".

Cuando la víctima de un delito no está en condiciones de ejercer sus derechos, ya sea porque está fallecida o es menor de edad, el Código Procesal Penal otorga a sus familiares más cercanos los mismos derechos que habría tenido el ofendido. Le llaman así porque esta figura aparece en el artículo 108. Funciona como la ley de herencia, en el mismo orden: primero el cónyuge y los hijos.

Tratándose de menores de edad, son sus padres a quienes debe otorgárseles los derechos de la víctima muerta. De modo que Mery y Simón, de acuerdo a la ley, debían recibir atención reparatoria y prestaciones económicas para acudir a todas las diligencias de la investigación.

En mayo de 2011, tres meses después del incendio, la jefa de la Unidad Regional de Atención a Víctimas y Testigos (URAVIT) de Copiapó, Patricia Contreras, recibió el caso de un incendio con una niña muerta, cuyos padres eran los Pacajes Canqui.

Su tarea consistía en apoyar a Simón y Mery para que estuvieran informados de las distintas etapas del proceso judicial.

Ese día, Patricia Contreras se encontraba junto a la psicóloga Paola Herrera. Juntas revisaron la carpeta con los peritajes del incendio donde murió Paola. Ella pensaba que se había quemado toda la casa, y por eso le llamó la atención ver las fotos del lugar amagado: sólo se veía una cama quemada en una habitación. Fue entonces que la psicóloga le advirtió: "El fiscal sospecha que hay algo más".

Después de revisar con prolijidad la carpeta, se miraron y dijeron: "Esto es para la Fundación Amparo y Justicia".

Hacía un tiempo, habían recibido la memoria de esta institución y por eso conocían su trabajo en apoyo a los familiares de menores víctimas de violación con homicidio. Recordaron casos que impactaron al país, como los asesinatos en serie de las niñas de Alto Hospicio, en 2001, o el horroroso crimen de Elenita Yáñez, de sólo cinco años, ocurrido en Concepción el año 1996. En ellos, así como en casi 40 casos similares, la Fundación Amparo y Justicia tomó protagonismo al ejercer las acciones que llevaron a conseguir las penas más altas para los responsables.

El 24 de mayo de 2011, Contreras y Herrera enviaron un correo electrónico a la Fundación para contarles la historia de Paola Pacajes y las sospechas del fiscal sobre los hechos que rodearon su muerte.

Casi de inmediato, recibieron una respuesta solicitando antecedentes del caso. Después de revisar los documentos, el presidente de la organización, Ramón Suárez, junto con el abogado y director de Amparo y Justicia, Alejandro Espinoza, partieron a Freirina, donde se inició la causa por el incendio en Carrizal Bajo, a hablar con el fiscal. El 27 de mayo, la Fundación presentó una querella criminal contra quienes resultaran responsables del delito de violación con homicidio.

El primer contacto con la familia de Mery lo tuvieron la sicóloga Solange Bertrand, Ramón Suárez y Alejandro

Espinoza. Comenzando junio viajaron a Copiapó, donde se reunieron primero con las encargadas de URAVIT y luego con los Pacajes Canqui.

Así, empezaron a interiorizarse de la vida de esta familia extranjera, boliviana, que habitaba una vivienda que, en vez de piso, tenía suelo de tierra, y un cielo cubierto con algunas planchas de zinc. No bastaba con otorgarles apoyo legal; había que sacarlos de la miseria. Les compraron materiales de construcción para que arreglaran las piezas y cubrieran el patio, lo que les permitiría resguardarse del sol quemante de Copiapó. Se reunieron también con representantes de las instituciones del SENAME que estaban tratando a los niños. Contrataron a una psicóloga de la zona, Alejandra Vega, para que les hiciera mayor contención a los padres y hermanos de Paola.

El daño era evidente en la familia. Los hermanos de Paola habían mostrado sucesivas conductas de rebeldía después de su muerte.

Cuando se cumplió un mes del incendio, Mariela, que entonces tenía 15 años, se escapó del hogar Manantial. Carabineros la encontró al día siguiente en la casa de una amiga. Evaluada por las profesionales del PIB Horizonte, la adolescente evidenciaba vivir la tragedia de su hermana en una forma tormentosa. A la psicóloga le dijo que ella sabía que a Paola la asesinaron, que el incendio había sido intencional, que su madre le había contado. Lo único que quería era que se hiciera justicia rápido, ya que deseaba volver a Arica con su familia y dejar atrás la pesadilla vivida en Copiapó.

Con Mirza, la hermana menor, quien días después del homicidio había cumplido seis años, el tema era complejo.

No dimensionaba la partida de Paola y se planteaba múltiples interrogantes respecto del significado de la muerte.

En cuanto a Carlos, de 19 años, estaba resultando difícil manejarlo en el Centro Manantial, sobre todo porque él exigía vivir con su madre. La directora del hogar recomendó, en su informe del 29 de mayo al tribunal de familia, que se autorizara a Carlos a regresar con su madre, y que Mariela y Mirza siguieran allí por un plazo máximo de dos meses, monitoreadas por el programa Horizonte.

El 2 de junio había audiencia en el juzgado de familia, pero la sesión se suspendió porque no asistió la curadora *ad litem*, Marisol Delgado Luna, la misma que había aconsejado que Paola siguiera viviendo con Leonor Villalobos.

Los padres de Paola perdían la paciencia. La jueza Pamela de la Peña dejó constancia de que Mery y Simón "efectuaron una serie de vociferaciones en la antesala del tribunal, alterando el normal funcionamiento del mismo".

A la siguiente audiencia tampoco concurrió la curadora *ad litem*, precisamente la abogada de la Corporación Judicial nombrada por el tribunal para proteger los derechos de las personas vulneradas y garantizar equidad. Se encontraba en un seminario fuera de la ciudad, se excusó.

Días después, el 1 de julio de 2011, fue Carlos quien se escapó del hogar Manantial. Había pasado más de un mes desde que la directora del Centro recomendara que el muchacho fuera autorizado por el tribunal a regresar con su madre. El juez Andrés Ramos Parra despachó una orden de búsqueda a la PDI. Tres días más tarde, Mery Canqui llamó al Centro Manantial para informar que Carlos se encontraba en su casa y que no quería volver.

El 12 de julio, la jueza María José Hernández Soto modificó la medida de protección que tenía a los hijos de Mery viviendo en un hogar de menores oficialmente desde el 4 de enero de 2010. A Carlos lo autorizó a volver con su madre, y Mariela y Mirza les otorgó un "egreso flexibilizado", pudiendo quedarse en casa los fines de semana y algunos días durante el periodo de vacaciones.

VIBRACIONES NEGATIVAS

Comenzaban los primeros triunfos de los Pacajes Canqui. Sin embargo, aún quedaba un largo camino por recorrer para que la familia se volviera a reunir y a encontrar justicia.

Los detalles que se fueron conociendo a lo largo del proceso no hicieron más que confirmar lo que Mery Canqui sabía, no por haberlo leído o por entender el complejo puzzle de la investigación, sino por ese fino instinto que la caracterizaba, y que era su motor vital. Ella sabía que Arturo Araya, el hijo de doña Leo, había matado a Paola.

El fiscal Jorge Hernández tuvo una extraña experiencia con el hombre:

—El tipo emana un aura negativa. Pocas personas me producen rechazo; a él lo sentía agotador. No era pesado, pero había algo en él que provocaba. Cuando le tomamos la última declaración a solicitud de la defensa, ocurrió un hecho raro.

La Fiscalía de Freirina es una casona antigua ubicada frente a la plaza del pueblo. Fue remodelada hace poco y para los funcionarios resulta un lugar agradable. El único problema es que muy cerca pasa un canal, lo que los tiene en constante amenaza ante la presencia de ratones. Para espantarlos, llevaron una gata que se transformó en la mascota de todos. El animal circula libremente entre una oficina y otra. El día en que Arturo Araya llegó a hacer su última declaración, el asistente del fiscal, Nicolás Zolezzi, estaba con el felino.

—Cuando la gata vio entrar a este sujeto, se volvió loca, relató el fiscal Hernández Zolezzi fue a tomarla para sacarla de la oficina. Lo rasguñó y salió arrancando y maullando. Nunca antes había ocurrido algo similar.

CAPÍTULO 7

ATRAPADO

Reconstruir lo que ocurrió en la víspera de la tragedia fue clave en la investigación de la verdad jurídica.

El día estaba esplendoroso el domingo 27 de febrero de 2011 en Carrizal Bajo. Esa tarde, en la cancha de fútbol que está frente a la casa de la anciana Delia se enfrentaron los clubes deportivos de Las Tablas y Las Sirenas. Gran parte de los vecinos estuvo ahí. También anduvo Paola, pero no disfrutando del partido sino haciendo mandados…

* * *

Doña Leonor, la cuidadora de Paola, fue de las primeras en prestar testimonio ante la Brigada de Homicidios. Dijo que se levantó a eso de las ocho y media de la mañana y que comenzó a despertar al resto de la parentela. Primero partió por los que habitaban la misma vivienda que ella: Miguel, su pareja, con quien compartía su cuarto; y Herman Pastén, su ayudante y amigo, que dormía en otra pieza con Benjamín, su nieto. Luego salió al patio trasero donde se encontraba su hijo Arturo, durmiendo en una carpa. A continuación siguió a la casa nueva, la que ocupaban su madre Delia y Paola.

Contó que después de desayunar todos juntos, partió en su camioneta Nissan con algunos miembros de la familia a comprar un cabrito y queso a una majada en las afueras de Carrizal. Según ella, fue con Paola y con su hijo Arturo Araya. Más tarde habría otros dos testigos que dijeron lo contrario.

Esa tarde hicieron el asado, luego su hijo Arturo salió donde un amigo, ella se quedó viendo televisión en su pieza con la Paola y Miguel, su conviviente, hasta que la mandó a acostarse. Y lo hizo de esta forma, según contó:

—A eso de la medianoche le dije a la Paola que se lavara su poto y las patas para que se fuera a acostar. Inmediatamente la niña agarró el lavatorio y se fue a lavar a mi pieza. Como mantenía el pijama en mi pieza, se lo puso y se fue a dormir a la casa de mi madre.

Después, se quedó dormida. A eso de las tres de la mañana la despertaron los gritos de su hijo, aseguró.

También declararon Herman Pastén, Jaime Contreras (apodado "el Perno" y vecino de la familia); su esposa Jéssica Hernández, la anciana Delia, unos conocidos de Arturo con quienes compartió esa tarde, y el propio Arturo.

"ÉL LA ANDUVO PERSIGUIENDO"

¿Qué hizo Paola en sus últimas 24 horas de vida, justo el día antes al que debía regresar a Copiapó?

Ese domingo 27 de febrero de 2011 no fue con su cuidadora a la majada, sino que se quedó en la casa de Carrizal Bajo, según los dichos de Herman Pastén y Arturo Araya.

Preparó las ensaladas para el asado. Presuntamente su última cena fue la carne de cabrito.

Apareció en la cancha donde se jugaba un partido de fútbol, cargando en brazos al nieto de Leonor, Benjamín. Y Arturo, "de muy mala manera", la mandó a que llamara por celular a su hermana, la mamá de Benjamín, de acuerdo al testimonio de Jéssica Álvarez, vecina de Delia.

Pasadas las cuatro de la tarde, Arturo la mandó nuevamente; esta vez, a buscar el celular. Fue muy agresivo en el trato con ella, "como que estaba acostumbrado a mandarla", sostuvo en su testimonio Alex Pérez, hijo de la dueña de la botillería donde Paola pasaba a comprar los mandados. Regresó con el celular, pero Arturo le dijo que ese no era. Paola partió corriendo a conseguir otro.

Ayudó a Leonor Villalobos y a Herman Pastén a ordenar la mercadería del local de verduras y ropa que había instalado a las puertas de su casa en Carrizal y luego lo cerraron, según dijo Herman Pastén.

A las seis de la tarde fue a comprar el pan (la vio Jéssica Álvarez).

¿A qué hora se acostó?

Según Leonor, a la medianoche. De acuerdo a Herman Pastén, se retiró a las 21:30 horas aproximadamente, y partió donde doña Delia.

Delia Riquelme Alday, la anciana que dormía con ella, dijo que como a las nueve de la noche de ese sábado llegó Paola a su pieza y se acostó.

Doña Delia tiene esa propiedad en Carrizal Bajo desde 1970, donde va de vacaciones. Ese 2011 inició su veraneo el primero de febrero con su hijo Aquiles, hermanastro de Leonor, quien se quedó algunos días con ella. Seis días después llegó Leonor con su gente. "Al llegar mi hija con todas esas personas, mi hijo Aquiles se regresó a Copiapó".

Dijo que se distribuyeron de la siguiente forma: Leonor, Miguel, Herman y Paola "dormían todos en la antigua casa, de madera; mientras que el Arturo se quedaba en una carpa que instaló en el patio trasero, que da a las dos viviendas. Yo dormía en la casa nueva, que es de material sólido, de color amarillo". Transcurridos unos 20 días, Paola pidió trasladarse a dormir con ella y por eso dispuso que instalaran un catre de una plaza en su dormitorio, para la niña.

Contó que ese domingo 27 de febrero se sentaron a la mesa a comer el asado como a las seis de la tarde y terminaron como a las ocho de la noche. Y que después de comer se fue sola a su casa, donde se puso a ordenar su ropa para acostarse.

"Y al ratito, como a las nueve, llegó Paola jugando con sus manos… Le dije que arreglara la ropa que tenía en mi cama, y me respondió: "Mañana la arreglo, abuelita". Y tiró toda la ropa a los pies de su cama. Luego se sacó la ropa y se puso el pijama".

Gran contradicción con Leonor Villalobos, quien testimonió que la niña estuvo con ella en su pieza hasta casi la medianoche, que ahí mismo se puso el pijama y que luego la mandó a acostarse donde la abuela.

Continuó la abuela su relato:

"Recuerdo que mientras eso sucedía, aún estaba encendido el generador, por lo que teníamos luz eléctrica dentro de la habitación. Luego de algunos minutos, Paola cerró la puerta de la pieza asegurándola con una especie de suela por debajo".

No era frecuente que la niña asegurara la puerta de ese modo. Más tarde se sabría a quién temía Paola.

"Después se recostó en la cama girando su cuerpo hacia la pared y se quedó dormida. Incluso me sorprendió que se haya dormido tan rápido, ya que le hablé y no me respondió. Como había luz todavía, la observé y no hizo ningún movimiento", terminó la anciana su testimonio.

Por expresa instrucción del fiscal Jorge Hernández, la PDI le volvió a tomar declaraciones a doña Delia, quien agregó una información clave:

—Me gustaría indicar que el día anterior a que ocurriera la muerte de Paolita, en horas de la tarde, recuerdo que me encontraba en mi casa cuando entró muy alterada y evidentemente asustada, cerrando la puerta muy fuerte. Detrás de ella entró Arturo, quien al verme se quedó quieto. Le llamé la atención y le dije que se fuera. Una vez que Arturo se había ido, le pregunté a la Paola qué había sucedido, pero ella no me quiso contar.

EL EMBRIAGADO DÍA DE ARTURO

Ese 27 de febrero fue un día borrascoso para Arturo. La noche anterior había estado tomando. Aquel domingo lo despertó doña Leonor, se levantó, desayunó y entre las once, según Leonor, y la una de la tarde, de acuerdo a Arturo, salió con su madre a la majada a comprar carne.

Cuando volvieron, partió a encontrarse con un amigo al muelle y luego se quedó en la cancha viendo el partido.

Entre tres y media y cuatro, su vecina Jéssica Álvarez lo divisó en la cancha "muy ebrio". A las cuatro de la tarde el conviviente de Jéssica lo vio en la cancha "medio ebrio", dijo. A las cuatro y media se le acercó a Alex Pérez, el hijo del dueño de la botillería, tomando ron. Poco después apareció Paola y él la trató de muy mal modo, según el mismo Pérez.

Más tarde entró a la casa y dice que estaba Herman Pastén preparando el asado. Comieron la carne y a eso de las seis y media o siete partió con su sobrino Benjamín a la casa de un amigo a quien le llevó dos trozos del cabrito asado como regalo.

Regresó a la casa como a las ocho y media para entregarle el niño a Leonor y se fue a cambiar ropa a la carpa, aseguró en su declaración. ¿Fue entonces que persiguió a Paola, entró a la casa de doña Delia y, después que ella lo retara, se fue?

El hijo de Leonor volvió a salir donde su amigo y esta vez llegó fumando pasta base, "inyectado y ebrio", declaró este último y agregó que lo sacó rápido de su casa para que no lo vieran en ese estado. Partieron a un lugar solitario en la playa, llevando seis latas de cerveza. Al rato, el amigo se despidió.

En su declaración, Araya dijo que regresó a casa a eso de las once, que estaba todo oscuro… Pero eso era imposible: el generador del pueblo funcionó hasta por lo menos las doce de la noche. Poco más tarde, cuando comenzaba a despuntar el día 28 de febrero de 2011, la fecha en que Paola debía regresar a Copiapó, se produjo el desenlace fatal.

EL ÚLTIMO "AMIGO" QUE ESTUVO CON ÉL

Jonathan Azola, "El Zanahoria", es recolector de algas de Carrizal Bajo. Fue el último en estar con Arturo Araya Villalobos antes de que regresara esa noche a la casa donde después se registraría el horrendo crimen.

En su declaración, Azola aseguró que conoció a Arturo el sábado 26 de febrero de 2011. Esa tarde se le acercó, medio ebrio, a buscarle conversación:

—Me preguntó si sabía dónde podían vender pitos de marihuana, pero le respondí que no, ya que los vendedores que conocía se habían ido de Carrizal. Luego me dijo: "Socio, ¿qué está haciendo? Tomémonos un roncito". Le dije que bueno, porque quería pasarla bien. Nos sentamos en la plaza y nos tomamos el ron que él andaba trayendo. Y también nos fumamos un pito de marihuana que él traía. Me dijo que se llamaba Arturo y que vivía en la esquina de la cancha, que era hijo de la señora que vendía ropa y verdura en esa esquina.

El hombre recuerda que en esa conversación salió mencionada Paola, la niña boliviana, pero no como una menor que era protegida por la madre de Arturo, sino como una empleada:

—Me contó que con su familia vivía una niña que trabajaba para ellos, que era de nacionalidad peruana o boliviana, no recuerdo bien.

Según "el Zanahoria", estuvieron un buen rato hablando de cosas sin importancia y a eso de las once de la noche lo invitó a su casa "donde estuvimos compartiendo hasta las cinco y media aproximadamente".

Al día siguiente, en la víspera del crimen, eran tal vez las seis y media de la tarde cuando Arturo llegó a verlo a su casa en compañía de un niño. Andaba mareado y llevaba una petaca con ron.

—Me trajo de regalo dos presas de carne de cabrito. Me dijo que venía de un asado que hicieron con motivo del partido que se jugó en la cancha de Carrizal. Me agradó mucho el regalo y lo invité a pasar. Entró con el niñito y estuvieron como una hora. Después se fueron, no sé dónde.

Como a las nueve de la noche, Arturo regresó a la casa del "Zanahoria". Esta vez andaba con una "pipa", consumiendo pasta base.

—Lo vi muy mal, muy inyectado. Además andaba ebrio. Le dije que saliéramos a dar una vuelta para que en mi familia no lo vieran. Nos fuimos a una casa a la que llamamos "la jaiba", que queda cerca. Ahí le regalé seis cervezas; se las tomó solo. Yo no quería seguir tomando, así que me llevé una cerveza y me fui a mi casa.

Fue la última vez que estuvo con él.

Durante todo el fin de semana, Arturo Araya había bebido alcohol y consumido droga. El doctor Fernando Córdova, médico legista que hizo la autopsia de Paola, advierte que las condiciones del hombre en ese momento debieron ser sumamente alteradas.

—Si mezclamos alcohol, marihuana y pasta base, estamos hablando de una persona cuya visión de realidad puede ser bastante distorsionada. Y podría demorar 8 a 10 horas en recuperarse, sobre todo si tiene un historial de consumo.

Era el caso de Arturo Araya, y lo sabe el hombre que estaba con él, Herman Pastén, cuando casi un año después la policía se lo llevó detenido.

EL DÍA QUE LO DETUVIERON

El amigo de la casa, Herman Pastén, quería a Arturo Araya como a un hijo. Lo cuenta en el puesto de la feria en Copiapó, donde tantas veces ayudó a pesar las verduras la pequeña Paola y que ahora está atendiendo porque Leonor anda "en la parcela" con el resto de su gente, una propiedad que tiene en las afueras de la ciudad.

Ha pasado el tiempo. Herman, casi ciego, no olvida. Dice que él estuvo casi siempre ahí, en la casa de Copiapó y también en Carrizal desde el primer día de esas vacaciones. Sólo salió el 25 de febrero, cuando viajó por el día a Copiapó a buscar al nieto de doña Leonor, Benjamín, para llevarlo a Carrizal.

Asegura que después del incendio nunca habló del tema con Arturo. Él sabía que la policía sospechaba de este hijo de Leonor pero, cuenta, el muchacho siguió su vida aparentemente como siempre.

—El Arturo, después de Carrizal, estuvo un año viviendo en la casa. Unos meses trabajó y después se volvió a botar nuevamente a lo mismo: a la droga. Y no hubo quién lo parara. Y el día que lo detuvieron, justamente ese día yo tenía que ir a Vallenar.

Fue el 15 de diciembre de 2011.

—Por mi problema a la vista, no puedo manejar. Y el chofer que yo tenía no llegó, me dejó tirado. Llegaron, en cambio, los detectives. Yo estaba solo. El Arturo estaba, pero *enllavado*.

Se refiere a que lo tenían encerrado bajo llave en la misma pieza-bodega donde dormía Paola en casa de doña Leonor, en el patio.

—No era para que no se arrancara, sino para que no se levantara y se robara las cosas. Ahí estábamos más seguros, porque él, *enllavado*, no iba a poder salir.

Herman les dijo a los policías que Arturo no se encontraba.

—Después que se fueron los detectives, el Arturo me dijo que le abriera, que quería ir al baño. Yo le abrí y le conté que el *weón* del chofer me había dejado tirado. Me dijo: "Yo voy, si yo estoy bien, yo te acompaño. Me echo una bañada y vamos". Ya pos, le dije.

En la vida de Herman Pastén, que tuvo la calle como escuela desde los 10 años, cuando comenzó a ganarse la vida, situaciones como las que comenzaba a describir forman parte de su cotidianidad.

—Ese día, Arturo no se demoró más de cinco minutos en bañarse y salimos. Teníamos la camioneta parada al frente. El sale y aparecen dos *jeeps* con policías. "Te venimos a buscar", le dice un detective. ¿Voy en la camioneta?, pregunta el Arturo. "No, vamos a ir aquí. Vai a declarar". El Arturo me dijo que lo esperara. Todavía lo espero.

Fue su última vez en libertad.

—¡Pero el Arturo había estado casi un año libre! —insiste Herman Pastén—. Él nunca intentó siquiera irse.

—¿Cuánto tiempo lo tuvo usted bajo llave?

—Nosotros lo *enllavábamos* periódicamente. Un día, una noche. Era normal tenerlo guardado ahí. Era para que no nos hiciera maldad, en todo caso, no era por otra cosa. Para que no nos hiciera maldad a nosotros mismos.

Pastén dice que no quiere creer lo que hizo Arturo.

—Nunca sospeché nada. Hasta ahora me queda la duda.

—¿No le llama la atención que en su declaración al fiscal y a la policía él dijera que la niña se le insinuaba?

—Mire, usted sabe cómo está la vida de las niñitas ahora. Tenemos lleno el mundo de niñas chicas que se insinúan.

El mundo de Herman Pastén ha sido por décadas el que ha tenido trabajando para doña Leonor y viviendo en una habitación contigua a la de la guardadora de Paola, compartiendo espacios comunes de la casa de la mujer.

—Tengo muy presente cuando la Leo conoció a Paola en la feria. Estaba una boliviana sentada y manda a pedir a la Paola. Y la Leo le dice: "Mira, así como mandai a pedir a esta niña chica, ¿no tenís miedo que te la violen? ¡Por qué no levantai la raja y vai a pedir vos!" Así le dijo, con esas palabras.

Lo expresa dándose cuenta, aún desde su rudeza, de la vulgaridad de los dichos de Leonor Villalobos, a los cuales ya está acostumbrado.

Pastén recuerda que la boliviana le contestó: "Doñita, pues esa niña no es mía, la mamá me ha pedido que la cuide por una semanita, y por dos meses no he sabido nada de ella".

—¿Qué le dijo doña Leonor?

—La Leo le dice: "Dámela a mí". Y esa misma tarde la mujer se la fue a dejar a la casa. Era domingo…

—Pero abusaban de la niña haciéndola trabajar duro en la casa, lavando y cuidando a los nietos de doña Leonor…

—Se le enseñaba, que es diferente. ¿Sabe qué pasa? Que ahora las cosas están cambiadas. Yo, por ejemplo, no tuve infancia. Trabajo desde que aprendí a caminar, aunque digan que no. Pero la vida en el campo era así. Y gracias a eso, uno tiene otra manera de ser, porque yo por ejemplo siempre trato de enseñar. La gente de hoy piensa distinto.

Por ejemplo, si va una asistente social joven, que yo creo que hay algunas que no saben freír un huevo, y ve a una niñita de nueve años que está lavando un par de calcetas, para ella es una explotación. Pero no se da cuenta que le están enseñando para que el día de mañana no sea una inútil. La única obligación que tenía la Paola era levantar los platos y llevarlos al lavaplatos.

Dice que el cambio "positivo" de Paola fue notorio desde que comenzó a vivir con la cuidadora, y que eso se lo comentó un profesor de la escuela donde asistía la niña.

—Yo lo sé porque además yo iba a las reuniones de curso, porque la Leo no tenía tiempo. Incluso yo el último año la fui a matricular.

La cuidadora delegaba en este hombre modesto pero ignorante no sólo sus locales de feriante, sino también sus responsabilidades con la niña.

—La Paola era una niñita sumamente amable, era muy cariñosa con todos. Y al Arturo lo quería mucho. Cuando el Arturo estaba "enllavado", llamaba a la Paola y ella le pasaba cualquier cosa a través de la ventana. Yo no puedo decir qué tipo de cariño era, ahí también me queda la duda.

—Si fuera como usted dice, Arturo es un adulto y debía manejar la situación frente a una niña de nueve años…

—Depende de la mentalidad de la persona, el instinto, el momento, el diablo que se le mete, hay tantos casos que pasan y que son inexplicables. Y puede ser uno de estos. Pero tampoco digo sí, porque me queda la duda. A Arturo lo único que lo condenó es que era un drogadicto.

—¿Por qué a la señora Leo le habrán salido dos hijos que fueron a la parar a la cárcel?

—Si esos *weones* no son malos; que sean drogadictos es diferente. El hermano de Arturo, el Mauro, ese *weón* es ladrón, que es diferente. ¿Malo para qué? Para trabajar. El Mauricio era excelente niño, pero la mala junta lo llevó a eso. Se juntó con una mujer que le pedía más de la cuenta y él estaba enamorado y quería tenerla como reina, entonces fue detrás de la plata fácil. El Mauro vendía, era buen vendedor, hasta que cayó en eso, a los 13 ó 14 años. Ahora tiene como 28. Ese debiera estar por salir ya de la cárcel.

Estos eran los hombres que conformaban el entorno de Paola en el hogar de Leonor Villalobos, a quien el tribunal de familia le entregó la niña en protección.

Pastén no ve bien, pero escucha. Y ha oído las versiones más inverosímiles acerca del crimen de aquel 28 de febrero de 2011.

"Yo creo en la justicia divina", dice mientras recibe las monedas a cambio de unos tomates blandos.

Pastén guarda las monedas y su mente se vuelca a Carrizal Bajo. Recuerda que la noche del incendio había un silencio profundo, una oscuridad inmensa. Y él, a tientas, en calzoncillos y a pie pelado, salió de la casa al escuchar los alaridos de Arturo.

—La señora Delia estaba afuera, sentada en el suelo. Cómo salió de la pieza que se quemaba, no sé…

Pastén lo expresa antes de decir adiós, dejando un halo de sospechas.

CAPÍTULO 8

PRUEBAS DEL CRIMEN

El 15 de diciembre de 2011, casi 10 meses después la muerte de Paola, Arturo Osciel Araya Villalobos fue formalizado por violación con homicidio e incendio calificado en lugar habitado. Su detención ocurrió a los tres días de conocerse el resultado de las pruebas de ADN.

La Fundación Amparo y Justicia había presentado la primera querella, por violación con homicidio, el 25 de mayo de ese año. Lo hizo en nombre de Mery Canqui y de Simón Santos Pacajes. Meses después, el 10 de noviembre, hizo lo propio el Servicio Nacional de Menores (SENAME), pero por incendio con resultado de muerte.

Al año siguiente, el 14 de septiembre de 2012, el fiscal de Freirina presentó la acusación directamente contra Arturo Araya, a la que luego adhirieron la Fundación Amparo y Justicia y el SENAME.

Mientras eso ocurría a nivel judicial, la familia de Arturo Araya se quebraba para siempre entre los hijos del primer matrimonio de la madre de Leonor Villalobos y los que tuvo cuando se casó más tarde, luego de enviudar del padre de doña Leonor.

La anciana Delia del Rosario Riquelme Alday compartía pieza con Paola aquella noche macabra.

Nunca se llevó bien con su hija Leonor Villalobos, pese a que veraneaban juntas. En Copiapó vive a pocas cuadras de distancia con una hija de su segundo matrimonio, Violeta.

Las relaciones familiares se deterioraron después de la tragedia. Los hijos del segundo matrimonio de doña Delia no quieren saber de Leonor y sus parientes. Ellos, desde un comienzo, sospecharon de Arturo y no le perdonan a Leonor que lo proteja, aun sabiendo que en ese incendio que él provocó, pudo haber matado a su propia abuela

Doña Delia tiene unos ojos pequeños ojos celestes que le dan un aspecto amable. A sus 99 años, escucha poco y se desplaza con bastón. Pero, aparentemente, la memoria no le falla. Han pasado más de tres años del crimen y se allana a recordar, mientras Violeta escucha con los ojos brillosos, como reteniendo las lágrimas.

—Yo dije: "¡Tiren agua, tiren agua, está ardiendo la cama nomás!". El tonto llegó a la ventana y dijo que estaba cubierto de humo.

—**¿Quién es el tonto?**

—El que quemó.

—**¿Arturo?**

—Sí, pos.

—**¿Usted estaba en la misma pieza cuando abusó de Paola?**

—Sí, pos.

Su hija Violeta interviene: "No, ella no vio, solamente cree que estaba ahí".

Sigue doña Delia recordando:

—El tonto gritaba: ¡¡¡Ay, la Paola se murió por las re-chupallas!!!!, hablaba a garabatos y gritaba como loco. Yo desde un principio supe que él era porque la noche anterior había seguido a la niña. Al entrar a mi casa la niña cayó pa' adentro. Y le dije: qué tenís, loca. No, dijo, el tonto de mi mamá Leo me viene siguiendo.

La chica, explica la anciana Delia, se cayó al suelo y se levantó.

—Y al otro día yo le dije a la Leonor que el Arturo había seguido a la niña para adentro. No le dijo ninguna cosa, ¡nada, nada! Muy tranquila ella nomás, como que no había sabido nada. Entonces la otra noche se repitió. Yo estaba requete segura. Cuando me preguntaron a mí, dije "sí, él fue".

—¿Usted escuchó esa noche del incendio cuando él entró a molestar a la Paola?

—Na', po.

—¿Y cómo pudo haber entrado él sin que usted se enterara, o usted tiene mucha sordera?

"Sí, pues. Ella escucha poco", interrumpe Violeta. Y su madre continúa sumergida en ese recuerdo:

—Yo no dejaba la puerta cerrada con llave, porque me levantaba al baño. Yo estaba enferma, así que la dejaba con pestillo nomás. Entonces él le sacó el pestillo y entró. Me imagino que hizo esto con ella (hace un gesto como tapándose la boca), porque cómo la niña no se quejó, ni un quejido, nada. Yo soy liviana de sueño, están las camas tan demasiado cerca. ¡Yo no sentí nada, pero nada! Si yo lo hubiera sentido, él queda ladrando porque lo pesco y no hubiera hecho juicio ni a mi enfermedad de los huesos.

—¿Despertó con el humo?

—¡Claro!

—¿Y estaba la cama de Paola con llamas?

—El fuego estaba parejito quemando las tapas por encima. Me acerqué a sacar la niña de la cama y no la vi. Estaba para los pies, pos, atracada a la pared.

Pero ¿cómo supo Delia que la niña estaba en esa posición, si dice que no la vio?

"Ella cree nomás, no es que la haya visto", explica Violeta, como si leyera nuestro pensamiento, mientras la anciana Delia continúa con su historia:

—Y yo salí gritando pa' afuera. Gracias a los vecinos salvé la pieza. Porque el cabro que tenía manguera (el vecino Jaime Contreras, apodado "el Perno") la enchufó, hizo tira una ventana y por la ventana tiró agua. Y así apagó la pieza. Estaban pegadas las piezas, se hubiera quemado todo y no quedaría nada. ¡Pero unas intenciones de golpearlo que tenía!

—¿A quién?

—Al tonto. Si yo sabía, yo dije. Cuando me preguntó mi hijo, le contesté: "No nos quebremos la cabeza porque fue él. Que me maten si no fue él. Yo sé que fue él. Se estaba repitiendo del día anterior, y ya al otro día hizo la grande. Y a la Leo la iban a llevar presa. Dije yo: preferible que lo encierren a él y no a ella porque ella tiene hijos. Y esos niños con quién iban a quedar, cuando ella es hombre y mujer en la casa.

—Su hija Leonor dijo que usted la abandonó cuando ella era una niña, y que veía en Paola su propia historia…

—¿Abandonada? Jajajá, ¿cómo abandonada? Porque estuvo un tiempo con mi mamá dice que yo la había botado.

Na pos, mi mamá me la pidió para que le acompañara a la otra niña chica que estaba enferma. Pero yo estaba yendo, nos estábamos comunicando, si estábamos cerca. Y ella decía a otros que yo la había botado, que su abuela la había recogido. Desde que Arturo está preso no me ha mirado nunca más.

Esa es su hija, porque su nieto Arturo, según cuenta, nunca la miraba:

—Él no me hablaba, ni yo le hablaba. Y la noche que siguió a la Paola, ella me comentó: "Dice que se va a acostar en esa cama que tiene usted ahí". No tiene por qué venir a acostarse a casas ajenas; eso nomás le dije. Ella se acomodó se acostó y lueguito se puso a dormir. Cuando le hablé, ya estaba durmiendo. Entonces después yo me levanté al baño y yo dije: si está en la cama, lo saco a patadas de la cama. Y no estaba na.

Su hija Violeta se seca una lágrima y evoca la última vez que vio a Paola:

—Era un bebé todavía… Yo la encontré bien triste afuera de la casa, la abracé y le dije: "Paola, ¿qué te pasa? Me dijo: "Estoy aburrida… como a mí nadie me quiere…" Yo le tuve cariño. Tenía la edad de mi hija. De sólo pensar que hubiera sido mi hija…

LAS TRES CARAS DE LEONOR

En la población Balmaceda Norte, doña Leonor sigue su vida como siempre, al menos en apariencia.

Es ella quien sale a la puerta de la calle Tegualda y, sin abrir la reja, dice, cortante, que no tiene tiempo para conversar. Al cabo de unos minutos de tira y afloja, hace pasar y ofrece un café en esa misma mesa donde Paola Pacajes retiraba los platos de comida. Enciende un cigarro y pide que le lleven un cenicero, sentada en la cabecera de la mesa del comedor que da al patio interior donde está la pieza-bodega que servía de dormitorio a la niña boliviana, y también de "celda" pasajera para Arturo.

La mujer es desconfiada; quiere ver credenciales. Y pregunta qué buscamos con esta visita. Luego de escuchar una detallada explicación, comienza a dar su punto de vista:

—La gente se hace la ciega o es ciega, porque puede ver a una persona comiendo basura en la calle y no hace nada. Si yo volviera a encontrar a la Paola, la volvería a recoger.

Plantea de partida. Y luego comienza a justificar su proceder:

—Está regado de niños bolivianos y peruanos mendigando. Hay muchas Paolas en Copiapó. Y la gente las ve, pero no las ve. En eso, encuentro injusta la vida. Yo crié a mis cinco hijos y a mi nieta, a quien entregué a los 14 años. Encuentro terrible que haya madres que permitan que esos peruanitos y bolivianos anden recogiendo mugres en la feria. Esta señora que traía a la Paola a la feria venía con otra niñita a pedir. Me curioseaba, porque una andaba bien vestida y la Paola llevaba unos condoritos con la mitad del taloncito afuera. Un día la enfrenté y me dijo que la Paola no era su hija, que su madre se la había dejado por un tiempo y no volvió. Le dije: "¿Y por qué no me la da a mí? En mi casa no me falta un plato de comida". El trato era que yo se la iba a entregar sábados y domingos, pero después no quise, porque ella la iba a mandar a pedir. Mire, viera usted cómo me aman mis hijos. Y la Paola me decía "Mami Leo" y andaba pegadita a mis faldas, siguiéndome.

La otra Leonor, la que no vieron las profesionales de la OPD, comenzó a aparecer de a poco en la conversación.

—Usted tiene a dos hijos presos.

—Sí, tengo a mis dos hijos presos. Es que al Mauri (el mayor) le gustaban las rosas, ganar la plata fácil. Yo le dije: "Mire, mijito, si a usted le gustan las rosas, también tienen que gustarle las espinas". Se enamoró de una floja de porquería. Él estaba trabajando y no le pagaron durante tres meses. La única idea que se le ocurrió fue salir a robar. Se robó unos DVD's, pero se metió a la casa del lado y ahí vivía una jueza. Le salió caro. Él salía a robar para sus dos hijos y como su pareja era flojilla, lamentablemente se metió al lodo.

—¿Y Arturo?

—Mi nieta se crió en mi casa cuando él vivía conmigo y nunca pasó nada. Y cuando llegó la Paola a la casa, el Arturo estaba en Santiago haciéndose un tratamiento de rehabilitación. Se puso drogadicto cuando lo dejó su mujer, con la que tuvo tres hijos. Pero no porque él tenga un problema de droga va a hacer una cosa así como dicen. ¡Yo tendría que haber criado a un monstruo!

—Y según usted, **¿qué fue lo que pasó?**

—Él tiene que haber consumido pasta base, pero no para hacer algo así. Toda esta cuestión fue que necesitaban alguien a quien culpar. Cuando lo voy a ver a la cárcel, él me dice: "Mamá, ¿por qué estoy aquí? Yo tengo mi conciencia limpia. Voy a confiar en Dios que un día se van a abrir las rejas y yo voy a salir de la cárcel".

—Usted sacó de la cama el cuerpo calcinado de Paola…

—Empecé a tantear la cama y toqué a la niña. La tiré de un brazo y la saqué hasta el pasillo. Ahí recién vi que estaba quemada. Yo a la Paola la quería como a una hija. Me descontrolé, me perdí. Mi hijo Arturo gritaba y lloraba: "¡Mamá, la Paola!". Y mi mamá no se podía parar del suelo, donde estaba sentada.

—**Su mamá estuvo en esa pieza…**

—Mi mamá ni siquiera estaba pasada a humo, porque nunca estuvo adentro. A lo mejor, yo pienso que mi mamá se asustó y salió, y el Arturo es joven… Sólo ellos y Dios saben.

—**Señora Leonor, hay pruebas irrefutables que están en el expediente.**

—Yo no lo he leído. Sé leer, pero me demoro mucho porque tengo que juntar las letras.

La despedida produce un cambio en la actitud de Leonor Villalobos. Nos toma de un brazo, tironea la chaqueta y ruega: "Por favor, si usted sabe algo, dígame", exclama con voz quebrada mientras los ojos se le llenan de lágrimas.

Días después la llamamos por teléfono y muestra su tercera faceta, que tampoco conocieron las profesionales de la OPD ni vislumbraron los seis jueces que llevaron el caso de Paola Pacajes. Utilizando información que hemos recopilado sobre ella, le preguntamos por la rutina que llevaban en su casa, por el número de personas que vivían rodeando a Paola, y responde:

—Oiga, como que usted abrió un libro, leyó toda mi vida y me sigue preguntando. ¿Quiere hacerse rica a costillas mías?

—**Sólo quería saber cuántas personas vivían en su casa mientras usted tuvo a Paola, porque está don Miguel, su conviviente; está Herman Pastén, está la pareja de su hija, y su ex marido que también los frecuentaba. ¿Usted los mantenía a todos?**

—¿Qué cree que soy? (garabatos) Usted poco menos piensa que soy una mujer malvada, degenerada, que vive con dos hombres. Si yo no soy la flor y nata, pero ¡que me venga a decir que soy la (palabras irreproducibles)…

Cuando deja de gritar y garabatear a través del teléfono, se serena y acota:

—Oiga, si yo soy *weona*, disculpe que sea así de rota.

—A su hijo lo trasladaron de penal, ¿sabe por qué lo hicieron?

—Sigo pensando que mi hijo no ha hecho nada. Yo sé lo que crié y sé lo que tengo, y sé que mi hijo era el candidato perfecto para culparlo. Su esposa se fue con otro hombre, no lo superó y se metió en la droga. Pero, lamentablemente, una persona que es un drogadicto botado a la calle no tiene ni voz ni voto.

Hace una pausa y afirma:

—Yo nunca voy a decir "mi hijo es culpable". Pedí: "Señor Jesús, yo lo prefiero en la cárcel que en el cementerio". Y así fue.

DESPUÉS DEL DESAMPARO

La madre de Paola, Mery Canqui, nunca le creyó a doña Leonor. Se explaya cuando ya ha pasado el tiempo y se siente más segura en un país que no es el suyo.

—Igual ella (Leonor) cubrió mucho el asunto. Desde el primer instante empezó a mentir, no fue legal con nosotros. Era legal en el sentido de que el tribunal de familia la dejó a cargo de la Paolita, pero era engañosa.

—Usted me comentó que pensaba que doña Leonor era culpable de la muerte de su hija, tanto como Arturo Araya. ¿Por qué?

—Sí, yo pensaba que era de los dos la culpa, porque ella simplemente había actuado desde un principio con maldades. Simplemente con hablar no más con ella, uno se puede imaginar que ella es más culpable.

Pero no sólo hay dudas sobre la responsabilidad de Leonor. Al abogado y Director de Fundación Amparo y Justicia, Alejandro Espinoza, tampoco le queda tan claro el papel que jugó doña Delia en el drama.

Espinoza es un reconocido buen litigante. Está a cargo de los casos que toma Fundación Amparo y Justicia a nivel nacional desde hace más de 16 años, de manera que hay pocas cosas que lo sorprenden.

—Lo más llamativo de este caso fue que por primera vez interactuamos con víctimas extranjeras. Los padres de Paola se sentían abusados y vulnerados por el sistema. La mamá tenía un sentimiento de culpa tremendo, pues había llegado en busca de mejor suerte junto a su marido a Copiapó y, como trabajaban todo el día, las niñitas quedaban solas. Fue así como sus hijos terminaron entregados en custodia mediante resolución judicial.

—¿Piensa que fue discriminada la familia por el hecho de ser boliviana?

—Creo que probablemente, por su condición de pobreza y ser extranjeros. El tribunal hizo caso omiso a informes y antecedentes que se presentaron. A mi juicio, obró muy mal al haber entregado a la niña y no haber revertido la situación una vez que había informes claros de que Paola estaba siendo explotada por la tutora.

—¿Cómo fue descubriendo la Fundación lo que había oculto detrás de todo el incendio?

—Nosotros tenemos mucha experiencia en esto. Hemos visto casi todos los casos de violación con homicidio de menores de edad que ha habido en Chile en los últimos años. Tenemos estadísticas, sabemos bastante bien en qué temas hay que agudizar la investigación y asesoramos a los fiscales, porque son casos de una complejidad especial.

Cuenta que al conversar con la madre de Paola comenzaron a salir hilos respecto de una situación de abuso.

—Lo primero que me relató la señora Mery fue su situación de impotencia, porque había reclamado desde el principio, sin que la escucharan. Ella presentía que algo trágico iba a pasar. Me contó que cada vez que se juntaba con Paola, esta le decía que no estaba bien y ella presentía, como mamá, que su hija estaba sufriendo y que estaba en una condición de mucho riesgo, obviamente no al extremo de lo que ocurrió.

—¿Le llamó la atención que Araya dijera que la niñita se le insinuaba?

—Es que eso es bastante común en este tipo de casos. Por la experiencia que tenemos en Fundación Amparo y Justicia respecto del perfil de los agresores, se dan ciertos patrones comunes, desde luego, los rasgos sicopáticos, entre ellos, trasladar la responsabilidad a la víctima o a terceros.

—¿Cuál es la distinción?, porque uno podría pensar que una persona que es capaz de cometer crímenes tan horrendos tiene que ser enferma…

—Una persona está exenta de responsabilidad penal cuando tiene alterado el juicio de la realidad. Por ejemplo, la esquizofrenia es una enfermedad mental que altera el juicio de la realidad. Hay ciertos trastornos maniaco-depresivos que en algunos estados producen alucinaciones y la persona se imagina cosas; tiene alterado el juicio de la realidad. Eso es distinto a las personas que tienen trastorno de la personalidad, pero tienen conciencia de la realidad. Hay quienes tienen rasgos sicopáticos y funcionan bien en la vida cotidiana, saben lo que les conviene, pero sienten desprecio por los sentimientos ajenos y, por eso, obran conscientes de que afectan a otras personas, pero no les importa lo que le pasa al otro. Eso es lo que ocurre con el tipo de delincuentes sicopáticos. Otro rasgo es la frialdad en el ánimo. O sea, son muy fríos al actuar cuando ven una oportunidad.

—¿Cómo se puede comprobar que una persona no tiene alterado el juicio de la realidad?

—Mediante pericias psicológicas y psiquiátricas. En este caso hay antecedentes objetivos de la ausencia de alteración del juicio de la realidad. Después que Arturo Araya viola a la niña anal y vaginalmente, quema la cama con el objeto de que no se descubriera la violación y de que se pensara que esto fue un accidente, que la niñita estaba durmiendo y se cayó el candelabro. Pensó que quemándose la niña el crimen no sería descubierto. Ahí se ve que tiene claras las consecuencias de sus actos y está tomando medidas para proteger su impunidad.

COMPLEJIDADES DE LA INVESTIGACIÓN

Pese a toda la experiencia acumulada, el abogado Alejandro Espinoza reconoce que el caso de Paola Pacajes no fue fácil.

—La primera complejidad para conseguir una condena de presidio perpetuo calificado es que el tipo penal exige que la violación y el homicidio estén unidos temporalmente y volitivamente. Y aquí hay un punto médico legal que es bastante complejo: establecer que la violación fue previa a la muerte de la víctima. En general, la causa de muerte, en la mayoría de los casos, es asfixia por sofocación. O sea, a la niñita o al niñito lo están sofocando mientras está siendo violado y se produce siempre la discusión fáctica si la muerte fue previa o post violación. Si la muerte fue previa a la violación, no existe delito de violación con homicidio. Porque si se abusa sexualmente de una persona que está fallecida eso no es violación, ya que esta exige que la víctima sea una persona, y la existencia de la persona termina con la muerte. Esto requiere que los peritos estén bastante seguros respecto a la vitalidad de las lesiones que tenga la víctima.

—Es una situación muy compleja de apreciar y requiere de estudios histológicos de la zona donde uno sospecha que hay lesiones, a ver si están infiltradas sanguíneamente, para verificar si esas lesiones se produjeron en vida o no. También existen pruebas bioquímicas en los tejidos en cuestión.

Otro aspecto sumamente complejo en estos casos es acreditar la participación del acusado, porque en estos delitos no hay testigos.

—Nunca hemos tenido un caso en que alguien haya visto al autor cometiendo el delito. Entonces, hay que conectar la violación con signos biológicos contextuales acreditando, más allá de toda duda razonable, la participación del acusado como autor del delito de violación.

Dos dificultades que no son menores.

—Ahora, muchos casos se resuelven, como el de Paola, con estudios de ADN, por las muestras que se toman del contenido vaginal y rectal y ahí se tiene certeza de la participación.

PERITAJE CATEGÓRICO AL INCENDIO

Una tercera complejidad fue encontrar las pruebas que permitieran fundamentar que el incendio fue intencional. La Fundación contrató los servicios del ingeniero Luis Ángel Carrasco Garrido, un destacado perito de incendios, que resultó categórico. En un primer apronte, el ingeniero escribió a la Fundación: "He revisado con detención el caso. Además de ser conmovedor, puedo decir, a través de mi experiencia y mi especialidad, que el incendio fue provocado".

Luego entregó un informe de 45 páginas, basado en un análisis detallado de fotografías de la habitación donde dormía Paola con la anciana Delia.

De acuerdo a su estudio, la pieza debe haber tenido unos 40°C, a niveles medios bajos, alrededor del fuego principal, y una temperatura alta en la parte superior, donde se acumulaban los gases calientes, gran cantidad de humo, carbono, monóxido de carbono, entre otros.

La fotografía tomada por los peritos policiales muestra la marquesa de Paola quemada en dos tercios de su extensión. En cambio, la cama de la anciana quedó intacta y sólo parte de su colchón fue dañado por efecto de la radiación calórica. Los muros de toda la habitación quedaron tiznados, sin embargo, el sector donde dormía la niña perdió el color, lo que significa que esa zona estuvo sometida a mayor temperatura.

En el piso, al costado izquierdo de la cama de Paola, se aprecia una marca oscura, lo que indica que en ese lugar se ubicó un elemento circular mientras se desarrolló el incendio. El ángulo de la marquesa que está junto al círculo de sombra que quedó marcado en el piso se observó totalmente carbonizado, lo que no se desarrolla ni se ve en la madera que continúa en el larguero. Con certeza, dice el informe "la fuente de calor estaba abajo levemente hacia afuera, de lo que se puede inferir que es probable que la ropa de cama estuviera cayendo en esa dirección, lo que sirvió como combustible más liviano, con mayor posibilidad de arder por su constitución física. Al usarlo como elemento facilitador, el fuego fue aumentando geométricamente debido a la reacción en cadena. Ese mismo fenómeno hizo avanzar el fuego por las ropas de cama".

La puerta de la pieza se quemó por el borde interno, lo que demuestra que estuvo abierta y en contacto con la cama de Paola, pues ardió desde la altura de la marquesa hacia arriba.

El perito reparó que en la mesita-velador había un paquete de galletas hacia el lado de la abuela, que se encontraba intacto. Incluso unas hojas de papel no se quemaron. Y, del lado de la cama de la niña, sobre la mesita, se encontraba una palmatoria con los restos de una vela consumida. La palmatoria responde a la forma y al diámetro de la marca observada a los pies de la cama, en el lugar que presenta mayor intensidad de fuego. "El tipo de fuego, el grado de destrucción y la forma en que recorrió el fuego permite inducir que había una palmatoria con vela encendida que ocasionó el fuego, vale decir un fuego de llamas, afectando la madera y la ropa de cama", concluye el perito. E insiste en que la marca en el piso coincide con la forma y dimensión de la palmatoria. "Sin embargo —acota— no hay relato ni justificación de cómo este elemento vuelve a la mesa que cumple función de velador a la cabecera de las camas".

Termina el perito planteando algunas interrogantes: "Los tiempos, testimonios y antecedentes no permiten explicarse ¿cómo la vela llegó al piso provocando el incendio?, ¿cómo se produjo ese incendio a esa hora tan avanzada?, ¿cómo la anciana salió del lugar amagado sin mayores problemas?, ¿cómo la palmatoria llegó a la mesa?, ¿cómo los tiempos que se afirman no provocaron un incendio más grande e intenso? De la misma forma es posible conjeturar la participación de un tercero para que este incendio se haya podido desarrollar. Conclusión final: Incendio provocado".

CAPÍTULO 9

JUICIO ORAL

El 19 de noviembre de 2012, cuando se hizo la audiencia de preparación del juicio oral, y tras un acalorado debate entre los intervinientes, el informe del incendio que hizo el perito Luis Ángel Carrasco quedó excluido como elemento de prueba por razones formales.

Pero los acusadores contaban con otro perito experto, Nelson Casas Cordero. Su informe coincidió absolutamente con el del otro ingeniero: señaló como foco de iniciación del fuego la palmatoria que fue ubicada a los pies del costado inferior izquierdo de la cama, la que después del incendio apareció misteriosamente sobre la mesa-velador de la habitación sin que nadie se hiciera cargo de haberla movido. Y concluyó que el siniestro fue intencional.

Sin embargo, lo más impactante del juicio oral fue la participación del imputado.

El calor era horrible ese día de comienzos de enero de 2013. Arturo Osciel Araya Villalobos no entró agachado, ni siquiera trémulo a la sala. Subió al estrado muy serio y como quien va a hacer un trámite.

El juez lo exhortó a decir la verdad y le hizo presente que todo estaba siendo grabado bajo un sistema de registro de audio.

Araya Villalobos se presentó como quien va a un show: "Primero que nada, buenos días", dijo.

Y luego comenzó a relatar lo ocurrido desde el día anterior a la muerte de Paola. Todo esto fue un relato continuo, como quien ha repetido varias veces la misma historia y ya la narra de memoria, aunque siempre con variaciones sobre lo mismo.

—Me fumé un cigarro de marihuana, compartimos en la plazoleta. Alrededor de las doce de la noche, calculo, porque se corta la luz, llego a mi carpa y me acuesto a dormir. Siento gritos, salgo de la carpa y veo a mi abuela que está gritando que hay un incendio en la casa. Pesco a mi abuela y la corro. Desperté a todos y concurrimos a apagar el incendio. Lo apagamos con el vecino. Hasta ahí no más recuerdo, porque cuando sacamos a la Paola del fuego yo me desmayé.

En un tono amistoso, el fiscal Jorge Hernández Ángel le preguntó entonces:

—**¿Usted se acuerda que prestó declaración en la fiscalía? En esa oportunidad, usted comentó respecto a insinuaciones que le habría realizado la niña (Paola).**

—Sí, insinuaciones. Bueno, la niña chica venía con un problema de antes. La niña chica venía muy falta de afecto. De mi persona nunca hubo un roce o algo con Paola. Sin embargo, ella era la que tenía algunos gestos.

—**¿Qué gestos eran esos?**

—Ella no me conocía a mí (y me decía) que hermanito, que me abrazaba. Sin conocerme, la niña era muy afectiva.

—**¿Se le insinuaba sexualmente?**

—No, yo nunca hice eso. Dije afecto.

El fiscal se dirigió al juez: "Su Señoría, para efecto de demostrar contradicción, quisiera que leyéramos el siguiente párrafo: "La Paola estaba rara conmigo, me pasó rozando mi cuerpo, me molestaba, se insinuaba sexualmente conmigo cuando hizo eso".

Hernández le mostró a Araya la declaración que hizo en la Fiscalía de Freirina cuatro meses antes, el 3 de septiembre de 2012 "¿Es su firma?", le preguntó. "Sí", respondió el acusado.

—¿Esa es su declaración?

—Sí, señor fiscal. Yo recuerdo todo lo que conversamos ese día, lo que yo le declaré y lo que usted también me insinuó.

Araya decidió atacar cuando se sintió acorralado y le habló al fiscal en tono de advertencia. Pero Jorge Hernández no se dio por aludido y siguió su interrogatorio, en el mismo tono amable:

—¿En qué momento consumió pasta base?

—Ya estaba llegando la noche. No recuerdo la hora, porque esto ocurrió hace más de dos años, señor fiscal. No le puedo decirle (*sic*) una hora efectiva.

—¿Estaba bebido cuando consumió pasta base?

—Bebido no, es una palabra muy extensa, pero había consumido alcohol, sí.

—¿Tuvo pérdida de conciencia durante esa noche?

La defensora de Araya, Loreto Llorente, interrumpió para decirle a su defendido que no contestara la pregunta, porque era confusa y, más que nada, reiterativa. Pero el fiscal le explicó al juez que era importante saber cuáles eran las condiciones en que se encontraba Araya en cuanto a la ingesta de droga, "toda vez que tiene que ver y se relaciona con los hechos".

El juez rechazó la objeción de la abogada defensora. De modo que Araya tuvo que responder.

—No estaba bebido, sí estaba con trago. Perdí conciencia, pero después de lo que ocurrió, cuando sacamos a la niña del fuego. Antes estaba con mis cinco sentidos, señor fiscal.

—¿Desde cuándo tiene problemas con la droga?

—Años. He estado internado en centros de rehabilitación. Yo tuve un problema cuando me separé con mi mujer: tenía 25 años y caí en la droga.

—¿Y con la justicia ha tenido problemas?

—¿Por la droga?

—Sí.

—No. Sí he estado detenido, pero por droga no. Por cosas que he hecho, pero por droga no.

El fiscal insistió en preguntarle cuánta droga había consumido. Araya respondió en tono indolente: "habrá sido un papel". Entonces, Hernández nuevamente contrastó estos dichos con las declaraciones anteriores hechas a la fiscalía: "Eran tres *monos* de pasta, su Señoría, eran tres *monos* de pasta base", señaló mostrando la copia del testimonio del acusado.

—Luego de consumir los *monos* de pasta base, ¿se sintió mal de salud?

—Yo me fui a mi domicilio porque habían cortado la luz nomá (*sic*).

Nuevamente el fiscal demostró contradicción e hizo leer al propio Araya sus dichos anteriores: "Después de consumir los *monos* me sentí muy mal. Se me apagó la tele, me dieron escalofríos, ganas de vomitar. No podía mantenerme en pie y me fui a mi casa, donde estaba mi carpa".

Al terminar su lectura, el acusado agregó:

—Señor fiscal, ¿puedo decir algo? Yo me acuerdo muy bien de lo que declaré. Siempre dije "aproximadamente".

Y los aproximadamente no están (en la declaración). Yo les dije "aproximadamente entre dos y tres *monos*".

—¿**Es afirmativo que se sintió mal y se le *apagó la tele*?**

—Sí, señor fiscal, es afirmativo.

IMPERTINENCIAS DEL ACUSADO

—**¿A qué hora aproximadamente usted sintió a su abuela gritar?**

—No sé, porque uno a la playa va a relajarse y no iba con reloj, señor fiscal.

Nadie esbozó la más mínima sonrisa ante el sarcasmo del acusado. El fiscal siguió preguntando con la misma suavidad:

—**¿Usted fue el primero en llegar a prestar auxilio?**

—Obvio, porque yo tenía la carpa en el patio. Además que eran unos tres metros de la salida de la casa (de la abuela). Lo primero que hice, la tomé en brazos y la puse un poco más allá.

Hablaron de cómo se apagó el fuego y, sin mediar pausa, el fiscal inquirió:

—**¿Cuál era el trato que usted tenía con Paola?**

—Es que yo soy así, como me ve. Yo no tengo "llegada". Si yo, cuando Paola llegó a la casa, yo estaba en Santiago. Me decía "hermanito". Donde yo iba, iba ella. Ese fue el trato.

—**¿La trataba bien o la trataba mal?**

—La trataba bien, pero yo la corregía cuando tenía errores, sí.

—**¿Usted le sustraía especies a su abuela, para consumir droga?**

Por primera vez, Araya pareció perder su tono seguro y respondió bajando la voz:

—A mi madre.

—**¿Lo llevaron preso alguna vez por eso?**

—Sí, lamentablemente, por la situación que tenía por consumo de droga. Salí absuelto —señaló Araya retomando su aplomo.

—**Y mientras estuvo en Carrizal, ¿le sustrajo especies a su madre?**

—Yo creo que ya le respondí, señor fiscal.

—**Tiene que contestar la pregunta.**

—Sí, le sustraía.

LA PREGUNTA DEL MILLÓN

El interrogatorio continuó con el detalle del consumo de pasta base por parte del imputado, precisando que lo hizo utilizando una antena que llevaba. Y, de pronto, en un giro inesperado en el diálogo, el fiscal inquirió:

—**¿A cuánto queda la carpa de donde estaba durmiendo su abuela con Paola?**

—Le dije que a tres metros. Pero yo, cuando llegaba en la noche, no entraba a esa casa.

—**Y ese día, cuando llegó, ¿miró?... ¿vio?**

—Yo llegué. Me imagino que la puerta tendría que haber estado cerrada…

—**¿En algún momento, ese día en la noche, usted ingresó a la casa?**

—No.

—**¿A qué hora fue la última vez que vio a Paola?**

—Cuando yo salí de la casa, entre ocho y media a nueve.

Estaban todos en la casa: Leonor, Herman, Miguel, Paola, Delia y yo.

—¿Es efectivo que Paola también se le insinuó a un caballero de 90 años?

—A efecto de cariño.

—¿Está seguro de que no se le insinuó sexualmente?

—Era bien apegada a don Miguel (la pareja de Leonor).

El fiscal se tomaba su tiempo para abrochar las incoherencias de Arturo Araya, que iban saliendo una tras otra:

—Su Señoría, para demostrar contradicción entre lo que está diciendo y lo que declaró en fiscalía, este párrafo: "La Paola también se insinuaba sexualmente con varia gente, como a Miguel Rojas, tenía como 90 años, él es mi padrastro, la pareja de mi madre actualmente".

Acto seguido, el fiscal planteó:

—Don Arturo, va a ser la última pregunta que le voy a hacer: Quiero que me detalle bien qué fue lo que hizo luego de escuchar los gritos de su abuela, hasta que llegó Carabineros al lugar.

—Yo tomé a mi abuela, la corrí de la casa. Luego que la saqué más allá de la casa, fui y desperté a mi madre y a todos los que estaban en esa casa. Después corrí en el mismo patio donde los vecinos del lado y desperté al Perno y a su señora. Con él, con mi padrastro y Herman Pastén tratamos de apagar el fuego. Luego me descuidé de mi mami, y mi mami dentró (*sic*) a la casa y no sé cómo sacó a Paola de la cama. Mientras, nosotros apagábamos el fuego por la ventana con Perno. Yo estaba con balde, con Herman Pastén y Miguel Rojas; el Perno sacó una manguera de su casa. Luego mi mami, no sé cómo, saca a Paola del fuego. Cuando siento a mi mami gritar dentro de la casa y la saco para afuera. Perno alumbra donde estaba la niña y hasta ahí no más recuerdo, señor fiscal. Me desmayé. Perdí la noción del tiempo.

—**¿Y por qué se desmayó?**

—Yo creo que por el impacto, donde vi a la niña.

—**¿Qué vio usted? ¿Cómo estaba?**

—Estaba quemada.

—**¿La vio sobre la cama?**

—Le dije que mi mami había sacado a la niña de la cama. Luego que yo escuché los gritos de mi mami, entré a la casa. El Perno estaba detrás de mí, andaba con una linterna y alumbró a la niña. Cuando yo vi a la niña quemada en el suelo, me desmayé.

Fue el momento en que el fiscal le dio la estocada:

—**Okey, señor, ahora sí: última pregunta: ¿Cómo cree usted que llegaron sus espermios a la vagina de la niña?**

—No sé, señor fiscal.

—**¿No sabe?**

—No sé, señor fiscal.

—**No hay más preguntas.**

SENAME: "¿QUÉ SIGNIFICA APAGAR LA TELE?"

Le tocó el turno a la abogada del SENAME, quien no ocupó mucho tiempo.

—**Una duda: el acusado habló de pérdida de conciencia, ¿cuándo recupera la conciencia?**

—No sé cuánto estuve, señora, sin conciencia. Pero cuando desperté yo estaba sentado fuera de la casa, mojado entero.

—**¿Qué significa "apagar la tele"?**

—Disculpe que suene muy fea la palabra, pero quedé sin noción del tiempo.

—¿Cómo se apaga el incendio?

—Con agua.

—Perdón, quise decir cómo se origina.

—No sé.

Esa fue toda la participación de la representante del Servicio Nacional de Menores, quien estaba ahí en calidad de querellante.

EL BOMBARDEO DE "AMPARO Y JUSTICIA"

Alejandro Espinoza se mueve con soltura. Cuando le tocó su turno, el abogado y Director de Fundación Amparo y Justicia partió pidiéndole al acusado que dijera qué edad tenía, su oficio y qué estaba haciendo en Carrizal Bajo.

Sin duda, toda esta información era conocida ampliamente por el abogado, quien no apartó la vista del acusado mientras respondía. Al parecer, estaba midiéndolo antes de caer sobre él con un arsenal de preguntas que no le dieron tregua.

—¿Cómo llega Paola a su grupo familiar?

—Disculpe, no sé cómo llegó Paola; yo estaba en Santiago. Lo único que me conversaba mi madre es que a la Paola la encontró en la feria, recogiendo comida podrida. Cuando llegué a mi casa, Paola llevaba tiempo viviendo en la casa.

—¿Quiénes vivían en la casa?

—Leonor Villalobos, la pareja de mi hermana, Miguel y sus hijos Damaris y Benjamín.

—¿Cuándo volvió usted a Copiapó?

—Un 5 de enero de 2011.

—¿Qué trabajo realizaba usted?

—Estaba sin trabajo. Me puse a ayudarle a mi mamá en la feria y en los locales que tenía.

—**¿Cuándo se trasladan a Carrizal Bajo?**

—Mi mami se iba por toda la temporada de verano a trabajar… un 15 o un 20 de enero de 2011.

—**¿Con quién se fue su madre?**

—Con todos los que le nombré, a la casa de mi abuela, Delia Riquelme.

Describió el lugar: dos casas (una antigua, de madera y otra nueva, de concreto) unidas por un patio común.

—**¿Con quién dormía Paola?**

—Con Delia Riquelme.

—**¿Qué edad tiene ella?**

—90 años.

—**En la madrugada del 28 de febrero, ¿dónde estaba alojando Paola?**

—Por lo que se ve, con mi abuela.

—**¿Cuántas camas había en la pieza?**

—Dos, por lo que se veía. Pero yo en esa pieza pocas veces entré, porque me sentía un poco incómodo. Llegaban mis tíos, mis primos, todos los fines de semana. Yo más pasaba en la casa en que vivía mi mami.

—**¿A cuántos metros queda esa carpa aproximadamente, de la entrada de la casa?**

—Tres metros.

—**¿El acceso estaba con llave esa noche?**

—Repito: no le puedo decir, porque a las once y media y doce cortan la luz. Y yo entraba por un portón de vehículos.

—**Pero usted señala que cuando se produce el incendio pudieron entrar.**

—Pero yo en ningún momento dije que yo había ingresado al tiro a la casa.

—Usted señaló que en la tarde había consumido ron. ¿Cuánto?

—Era la mitad de una lata de cerveza. (Los vecinos) se juntan en Carrizal los fines de semana al partido de fútbol y se junta varia gente a tomar. Afuera de (la casa de) mi abuela los vecinos estaban tomando y yo me senté con ellos. Estaban tomando en latas de cerveza. Yo consumí la mitad de una lata que tenía ron y bebida. Pero yo más que eso no consumí. Yo no tomé cerveza.

—¿Se recuerda cuántas declaraciones ha hecho durante la investigación?

—Cuando me tomaron detenido, un 15 de diciembre de 2011 en Copiapó, me fueron a buscar a la casa. Yo estaba limpiando la camioneta, porque iba a Vallenar a buscar una mercadería. Y llegó Investigaciones y me dijo que yo tenía que ir a firmar unos papeles a la PDI de Copiapó. Me dijeron que me llevaban y me traían. Me subí a la patrulla y cuando llego a la PDI de Copiapó me ponen las esposas y me vienen diciendo de lo que venía acusado: por violación, por homicidio y por provocar un incendio. Y también le declaré al señor fiscal el 3 de septiembre.

—¿Se recuerda haber prestado declaraciones el primero de marzo de 2011?

—No.

El abogado Alejandro Espinoza decidió refrescarle la memoria y solicitó poder exhibir copia de la declaración prestada a la Policía de Investigaciones el 1 de marzo de 2011.

Arturo Osciel Araya Villalobos, con total desfachatez, dijo:

—Señor abogado, esa declaración no fue cuando estaba detenido. Ahora recuerdo, porque yo me hice unos exámenes. Accedí voluntariamente para que me tomaran unos exámenes. Lo que hice fue una colaboración, porque firmé papeles en que autorizaba a colaborar en todo lo que me pidieran.

—¿Pero usted no se recuerda haber declarado?

—Declaré cuando había cinco policías de Investigaciones conmigo. Yo colaboré con la PDI en Copiapó en todo lo que me dijeron. El único que colaboraba en la PDI con todo lo que pasó era yo.

—Usted ha señalado recién al tribunal que sólo tomó medio vaso de cerveza con ron. Y que más tarde consumió alcohol.

—Está en la declaración, señor abogado. Sí, consumí medio vaso con ron.

—Esta declaración (del primero de marzo de 2011) se le toma a usted horas prácticamente después de la muerte de Paola. ¿Recuerda si se le consulta sobre el consumo de drogas?

—Yo en ningún momento he ocultado mi condición, señor abogado, porque lamentablemente por eso me separé de mis hijos y perdí la mujer que yo amaba.

—Usted declaró recién al tribunal que la tarde previa a la muerte de Paola usted había consumido pasta base y marihuana. Horas después de la muerte de Paola declaró también. ¿Recuerda qué les dijo sobre este punto?

—No recuerdo, por todo lo que pasé en ese momento, qué fue lo que dije, porque a nosotros nos sacaron a todos de la casa.

El abogado Alejandro Espinoza se acercó al acusado, le extendió unos papeles y le pidió que leyera en voz alta.

La abogada defensora intentó objetar, sin resultado.

Arturo Araya debió leer su propia declaración: "Para finalizar, debo indicar que fui consumidor de pasta base, pero dejé de ingerir aproximadamente hace dos meses a la fecha".

Terminada la lectura, el acusado Reconoció que era su firma, la del documento. Y Espinoza le dijo:

—Señor, usted le faltó a la verdad a la Policía de Investigaciones, o a la justicia hoy. Es decir, no había consumido durante enero y febrero y ahora señala que consumió pasta base y marihuana. ¿Cuándo dice la verdad?

Araya no pareció inmutarse:

—Primero que nada, pido disculpas si a alguien le mentí. En ese momento estaba bloqueado, me venían culpando de algo muy feo, incluso la única forma de salir adelante es dando a conocer mi condición.

—Mi consulta es cuándo dice la verdad.

—Yo no mentí, porque dije que fui consumidor de droga. Que soy consumidor de droga. Creo que con eso, a mi parecer, dice que soy consumidor de droga. Ahora, sí dije que hace dos meses no consumía droga.

—¿Podría señalar qué hacía Paola en Carrizal Bajo?

—Como me contó mi madre, la niña pasaba todo el día con mi madre. ¿Qué hace una madre con una hija?, aparte de chochearse, hacerse cariño todos los días junto con mi abuela.

—¿Atendía el puesto de verdura y ropa de su madre?

—Disculpe, pero una niña de 10 años, habiendo una señora de cincuenta años, puede ser muy absurdo que la señora mande a la niña a atender el local donde hay ropa que vale 15 lucas.

—**¿Ayudaba la niña en ese puesto?**

—Mi madre hacía todo eso.

—**¿Ayudaba en labores de casa?**

—Mi madre hacía todo eso.

—**¿Paola no hacía nada?**

—Cómo será que la niña tenía chofer particular que la llevaba al colegio. Incluso me hubiese gustado mucho que hubiera una profesora de Paola, para que vieran el trato con mi madre. Porque, disculpe, por todo lo que he escuchado, aparte que me están viendo como un monstruo a mí, también están viendo como un monstruo a mi madre. Aparte que un monstruo jamás va a recoger una niñita chica de la calle. Disculpe, es mi parecer.

—**Usted señaló que no tiene explicación de por qué sus espermios fueron encontrados en la vagina de Paola.**

—Así es, señor abogado.

—**¿Tiene antecedentes de quién pudo haber violado a Paola, previo a su muerte?**

—Puede sonar un poco feo: No tengo idea, pero si yo supiera, aunque suene feo, dichoso hago los años haciendo justicia con mis manos. Porque estoy pagando algo que no sé qué pasa. No me estoy justificando, pero perdí a mi familia por esto. Y yo creo que si miro a la persona que lo hizo, no le voy a darle (*sic*) la mano.

—**¿Sabe usted cómo murió Paola?**

—No tengo idea.

—**Usted relató que había visto el cuerpo de Paola.**

—Ya, pero no sé cómo murió.

—**¿No ha tenido ningún antecedente?**

—No.

El abogado de la Fundación logró dejar en evidencia las mentiras del imputado, pero ni él ni el fiscal consiguieron que reconociera el crimen; lo negó hasta el final.

LA NIÑA ESTABA DESNUTRIDA

Testimonio clave durante el juicio oral fue el del médico legista que realizó la autopsia al cadáver de Paola.

El doctor Fernando Córdova Guerra relató todos los hallazgos que hizo en los restos de la niña. Luego respondió consultas, como la del abogado Alejandro Espinoza:

—Doctor, ¿usted examinó, por ejemplo, el estado nutricional de la menor?

—En efecto, necesariamente estamos hablando de una menor desnutrida, en condiciones bastante precarias desde el punto de vista nutricional. El grosor del tejido graso en zonas que normalmente las mujeres tienden a acumular como reserva, como las caderas, el espesor de la grasa de las caderas, era mínimo. Era muy fácil ver las estructuras musculares, más que grasa propiamente tal. En general, era una menor desnutrida.

—Doctor, me llama la atención: He visto muchísimas autopsias de menores en Chile en los últimos 15 años y nunca he visto el caso de una menor desnutrida. ¿Le había ocurrido a usted?

—No, es bastante raro en este país. Obesos, todos los que quiera. Pero desnutridos, no.

—¿Qué explicación puede tener que nos encontremos con un caso bastante extraordinario?

—Pésima alimentación. Una persona que lleva tiempo alimentándose en forma o irregular, o de muy mala calidad. Esa niña estaba recibiendo una dieta alimentaria muy, muy precaria.

Luego, el médico legista se refirió en extenso a las causas de muerte de Paola, detallando las razones que tiene para señalar que la niña falleció después de la violación, por aspiración de humo.

—La magnitud del sangramiento que se provoca en una zona muy ricamente irrigada, como es la vagina, es bastante alta. Es un asunto de vida o muerte el frenar rápidamente el sangramiento. En 230 minutos puede provocar suficiente anemia para matarla. Por lo tanto, la niña estaba respirando al momento de producirse su muerte, y había pasado un lapso de tiempo que no era superior a la hora (desde que se inició el fuego), probablemente 45 minutos. No hay muerte por anemia, sino por aspiración de humo y, por lo tanto, puedo precisar que entre el momento del atentado sexual y la muerte de la menor no alcanza a transcurrir una hora de tiempo.

De ese modo, su testimonio permitió situar temporal y espacialmente al acusado en el lugar de los hechos. Y también entregar sustento a la tesis que se fue corroborando con varios de los testigos, de que Paola era maltratada viviendo con la cuidadora Leonor Villalobos, a tal punto que se encontraba con desnutrición.

CAPÍTULO 10

JUSTICIA HUMANA

Un impávido Arturo Araya Villalobos escuchó la sentencia del Tribunal de Juicio Oral en lo Penal de Copiapó.

Leonor Villalobos, su madre, no estaba en la sala; no acudió a la audiencia. Sí se encontraban presentes los padres de Paola, Simón Pacajes y Mery Canqui. Ella, que cuando le correspondió declarar durante el juicio lo hizo con la voz entrecortada, continuamente interrumpida por su interrogador pidiéndole que aclarara lo que estaba diciendo, porque no se le entendía. Mery, la que rompió en llanto cuando le pidieron que relatara cómo se enteró de la muerte de su hija.

Esta vez era Araya el que estaba en la mira y ella, una espectadora. Las manos le transpiraban ese 23 de enero de 2013. Se le hizo extenuante el relato con el cual comenzó la sesión y, por momentos, estuvo a punto de desmayarse. No era una historia ajena, sino la del asesinato de su propia hija:

"El día 28 de febrero de 2011, en horas de la madrugada, en la localidad de Carrizal Bajo de la comuna de Huasco, el imputado Arturo Osciel Araya Villalobos

161

en forma violenta accedió carnalmente por vía vaginal y anal a la víctima Paola Yeny Pacajes Canqui, de 10 años de edad, desgarrándole la vagina. Luego, mientras la víctima se encontraba inconsciente en su cama, con la finalidad de darle muerte para ocultar su delito, el imputado encendió fuego a baja altura en los pies del costado izquierdo de la cama aludida, ardiendo ésta, quemando a la misma víctima, quien finalmente murió por asfixia por aspiración de humo. En el momento del incendio y muerte de la víctima, el inmueble servía de morada, además, a Delia del Rosario Riquelme Alday, quien se encontraba allí. Tal circunstancia era conocida por el imputado, sin embargo, Delia Riquelme salvó su vida escapando de la habitación donde se había originado el fuego".

Fueron los hechos que el tribunal dio por establecidos, pese a la negativa del imputado y aun cuando su defensora, Pamela Loreto Llorente Viñares, reconoció en el juicio el delito de violación cometido por su representado, gracias a las pruebas irrefutables del ADN. Pero negó hasta el final su participación en el incendio señalando que existía, a lo menos, una duda razonable. Claramente, no convenció a los jueces que dictaminaron.

"Se condena a Arturo Osciel Araya Villalobos a la pena única de presidio perpetuo calificado, por su responsabilidad como autor de los delitos de violación con homicidio e incendio calificado en lugar habitado".

Al imputado no se le movió un músculo cuando escuchó esa lectura. Tampoco, cuando se explicó que el tribunal acogió la circunstancia agravante de alevosía, ya que actuó sobre seguro, aprovechando el hecho de que la niña se encontraba inconsciente en su cama y en una posición tal que no tenía la más mínima posibilidad de defenderse, para encenderle fuego y así ocultar su crimen.

En ese momento, Mery Canqui sintió lástima por el asesino de su hija. Lo vio delgado, esmirriado, insignificante. Era el mismo joven con quien había chocado en la feria días después del incendio, luego de pedirle a Paola —en un estado de ensoñación— que le mostrara quién la había matado. En ese instante, al estrellarse con el hombre que entonces tenía 28 años, supo que estaba frente al homicida. Era la señal que le mandaba Paola desde el cielo; de eso, estaba segura.

El abogado de la Fundación Amparo y Justicia, Alejandro Espinoza, hizo otra reflexión:

—Lo importante es que estas personas queden excluidas de la sociedad y eso, a mi juicio, está razonablemente garantizado con el presidio perpetuo calificado. De manera tal que es suficiente y se garantiza la seguridad de la sociedad en la medida en que la pena es proporcional a la gravedad del delito cometido. Además estas personas, en la práctica, van a cárceles de alta seguridad donde están aisladas del resto de la población penal para evitar que las agredan, entonces tampoco lo pasan bien dentro de la cárcel.

Más satisfecho aún se manifestó el fiscal Jorge Hernández Ángel, quien salió victorioso de un caso muy difícil:

—Si me echan mañana de la fiscalía, yo quedo feliz. Soy bien creyente y siempre le pedí a Dios que me iluminara, para hacer el mejor trabajo posible.

—¿Cuál fue el principal problema de la investigación?

—Siempre supimos que nuestra causa era débil en cuanto al incendio; nos desplazaba las figuras penales.

Ubicamos a un perito de Santiago que participó en el caso de los presos que se quemaron, quien hizo una pericia particular y una exposición espectacular durante el juicio oral. También, la participación del equipo de Fundación Amparo y Justicia fue muy importante, fundamentalmente por el apoyo que dieron a la familia de la víctima, tanto en la parte emocional como en la jurídica. Ellos agregaron una circunstancia agravante de responsabilidad criminal: la alevosía. Y creo que su participación también le dio la importancia necesaria al juicio, porque no es lo mismo que esté el Ministerio Público solo, a que esté otra institución acompañando, apoyando. En el momento de las decisiones por parte de los órganos de justicia, siempre es bueno que se vea la preocupación y el apoyo de otras instituciones. Además de darle relevancia al tema, le da al tribunal mayor responsabilidad para decidir.

La sentencia contra Araya le pareció acorde con lo sucedido:

—Si no le colocaban perpetuo calificado a Arturo Araya, ¿a quién? Fue una pena justa, materialmente.

Al tomar el caso, el fiscal Hernández había pedido que indagaran una medida de protección que tenía Paola, y eso pareció extraño en momentos en que todo apuntaba a que la niña había muerto accidentalmente producto del incendio.

—¿Por qué lo hizo?

—Yo quería saber por qué la niña estaba con la señora Leonor Villalobos. Cuando la entrevisté, fui pesado, sí. Es que la señora es histriónica; se puso a llorar. La vi mintiendo y fue capaz de inventar llanto. Eso me enojó.

Condenado Araya, los ojos de casi todos se dirigieron

a la cuidadora. Cuando por fin se hacía justicia, Mery Canqui se sentía extraña. Estaba contenta, sí; pero tenía la sensación de que faltaba alguien más, que había otros responsables del insondable abuso que sufrió su hija. Entre ellos, doña Leonor.

QUERELLA CONTRA LEONOR

El juicio oral había terminado. Pero Fundación Amparo y Justicia compartía, desde otra perspectiva, la sensación de Mery Canqui de que no sólo el condenado abusó de Paola.

Tanto su presidente como los demás abogados de la entidad tenían la certeza de que, más allá de Arturo Araya, había responsabilidades que perseguir. Y eso se les hizo evidente cuando durante los alegatos el médico legista había analizado el tema de la desnutrición de Paola. Ello se sumaba a las declaraciones de testigos que señalaron haber visto cómo la niña era tratada casi como esclava en casa de Leonor Villalobos.

Resultaba inexplicable, por ejemplo, que el tribunal de familia nunca hubiera revertido la decisión de entregar a Paola a la cuidadora. También, que la curadora *ad litem* no hubiera bogado porque los jueces escucharan a la niña.

Pero había, asimismo, un maltrato sicológico directo de la cuidadora sobre la niña y esto fue lo que la Fundación decidió investigar, luego de obtener su primer triunfo contra el autor del homicidio y violación de Paola.

Así fue como la institución interpuso, ese mismo mes de enero de 2013, luego del juicio penal, una querella por lesiones graves y una denuncia por maltrato habitual en contra de la tutora, Leonor Villalobos, por el estado de abuso, de trabajo infantil al cual sometió a esta niña, de hacerla vivir en condiciones deplorables.

En el escrito, al relatar los hechos, la madre de la niña, Mery Canqui, expuso:

"Durante los meses en que fue responsable del cuidado y protección de Paola, me fui percatando que Villalobos Alday incumplía gravemente con sus obligaciones, humillando y sometiendo a mi hija a numerosos tratos vejatorios. Estas situaciones fueron señaladas en su oportunidad al juzgado de familia a través de informes situacionales de peritos psicólogas y asistentes sociales del Programa de Intervención Breve 'Horizonte', a cargo de supervisar la medida de protección.

Entre otros hechos, se hizo presente que Paola tenía que llevar a cabo todas las actividades de la casa: hacía el aseo, lavaba la ropa, realizaba las compras, preparaba el desayuno, cuidaba a otros niños de la casa, atendía el negocio de la familia, etcétera. Ni siquiera tenía un lugar apto para dormir. Su dormitorio se encontraba ubicado en el patio trasero de la casa y era de material ligero; tenía hoyos en el techo, muros y puerta; y su cama contaba con un colchón de espuma sucio y maloliente.

Lamentablemente, y a pesar de haber hecho presentes estas situaciones al juzgado de familia y a la curadora ad litem que debía proteger los intereses de mi hija, no se tomaron las medidas correspondientes para terminar con estos maltratos.

Todos estos hechos desencadenaron en un trágico final para Paola: después de sufrir más de un año de abusos, fue violada y asesinada por el hijo de Villalobos Alday.

Justamente a través de la investigación y posterior juicio fui informada que al momento de su fallecimiento a Paola no se le estaba proveyendo una adecuada alimentación, lo que le provocó graves lesiones consistentes en una desnutrición extrema. Cabe destacar que Paola era beneficiaria del programa de alimentación escolar, por lo que la falta grave de cuidado debió producirse entre los meses de noviembre de 2010 y febrero de 2011".

El delito que se le atribuyó fue como autora directa de lesiones graves, sancionado en el artículo 397 número 2 del Código Penal, en su calidad de responsable de protección y cuidado a la víctima.

De este modo, Leonor Villalobos fue acusada de llevar a cabo dolosamente acciones que produjeron que Paola Pacajes padeciera una desnutrición severa, vulnerando también principios consagrados en tratados internacionales vigentes ratificados por Chile, en especial la Convención de Derechos del Niño.

Sobre este punto, la demanda señala: "Entre otros, la querellada violó directamente su deber de proteger a la víctima contra toda forma de perjuicio o abuso físico o mental, descuido o trato negligente y malos tratos; la obligó a llevar a cabo trabajos nocivos para su salud y desarrollo físico y mental, y no se le suministró alimentos nutritivos adecuados para su desarrollo".

La policía debió iniciar nuevos interrogatorios a raíz de esta otra querella. Fue así como, al recorrer nuevamente el lugar del incendio, escucharon el comentario de todos en Carrizal Bajo: que "Paola era tratada como una empleada". Lo dijo la alcaldesa de mar, Magaly Salinas. También el vecino de la cuidadora en la caleta, Jaime Antonio Contreras Cortés. Incluso él contó que un día que vio a la niña lavando, le preguntó por qué lo hacía si era tan chica. "Me respondió que la mamá Leonor le había mandado a lavar ropa. Justo en ese instante pasó doña Leonor, quien escuchó y me dijo que la niña tenía que ganarse los porotos. Es más, debo decir que mi hija, Juliana Belén, que entonces tenía 10 años, la invitaba a jugar y no obstante jamás le dieron permiso para salir con ella. En varias oportunidades vi a Paola en compañía de unos niños a quienes cuidaba; me imagino que por orden de la señora Leonor", dijo en el contexto de la misma indagación.

El paramédico de la posta de Carrizal Bajo, Juan Zumarán, manifestó que también le impresionaba divisar a Paola en tareas de adultos. "Me llamaba la atención que esta niña atendiera las verduras y la ropa que vendían en el local de Leonor Villalobos. Me daba cuenta que no había un trato cordial hacia ella".

A Alex Pérez Rodríguez, otro testigo interrogado por la policía, le resultaba inconcebible lo que dice haber visto una noche, ya tarde: Paola pelaba papas y vendía papas fritas a altas horas de la madrugada. Y Leonor la retaba cuando daba mal el vuelto, y la niña se ponía nerviosa cuando ella aparecía. Su sobrina, Kiara, la iba a buscar para que fueran a jugar a la playa, pero la chica nunca podía ir.

La asistente social Paula Penna dijo a Investigaciones que todo habría sido una cadena de errores": "(…) al parecer el diagnóstico que se le habría realizado a la guardadora Leonor Villalobos Alday habría sido realizado por profesionales con poca experiencia, por cuanto se dio a esta guardadora como una persona idónea para mantener el cuidado de Paola".

La justificación que a los inspectores de la PDI dio la curadora *ad litem* Marisol Delgado Luna, que era la encargada de velar en el juzgado por los derechos de Paola, fue que el tribunal siempre mantuvo que la niña se quedara junto a Leonor y no se decidió mandarla al hogar Manantial, pese a que se discutió la posibilidad, "por la consecuencia que provoca en un niño la institucionalización". Es decir, el tribunal consideraba más riesgoso que Paola estuviera en una residencia de menores que en un hogar como el de la cuidadora.

Reconoció que hubo antecedentes contrarios a que Leonor Villalobos se mantuviera como guardadora de la niña, advertencias que no fueron consideradas.

Pero, ¿por qué la *curadora* no la defendió, si esa era justamente su responsabilidad legal? Esta fue su explicación: "Jamás vi a Paola con signos de que fuese maltratada por su cuidadora. Es más, siempre la vi bastante bien por cuanto me hablaba cosas buenas de esta señora, siempre me contó que estaba contenta y que era buena con ella. Es por ello que no se estimó que la niña se fuese a un hogar, atendido a que no se veían signos de maltrato en ella".

Marisol Delgado tiene 37 años y después del caso Pacajes dejó el servicio público; se retiró y ahora ejerce como abogado en forma particular. "Traté de hacer lo mejor posible mi trabajo y sólo puedo decir que pienso que todos los antecedentes vertidos al tribunal quizás no fueron planteados de mejor manera (...) creo que por eso el juez no tomó la decisión de derivar a la menor a otra institución", aseguró a la policía.

GLADYS, LA ASISTENTE SOCIAL:
"SE VEÍA VENIR"

Tres años y medio después del crimen, los profesionales y técnicos coinciden en que se pudo haber evitado. Lo dice el fiscal Hernández:

—Falló el sistema, independiente de la condena. El sistema falla porque se produce la muerte de esta niña en condiciones terribles, con una historia anterior terrible, donde la niña es sometida a tratos crueles, inhumanos. Eso no debió haber ocurrido. No debió haber ocurrido que, con todos los antecedentes, se autorizara a esta mujer para que se llevara a la niña de Copiapó a Carrizal.

También lo piensa Gladys Ariela Hube, la asistente social que fue retirada del caso de Paola por orden del tribunal, como sanción por tomar fotos en casa de Leonor Villalobos para demostrar el maltrato de que era víctima la niña.

Tres años y medio después de la muerte de Paola no supera el dolor. Tiene 33 años, es menuda, rubia, de pelo liso y ojos claros que transparentan sus emociones. Quedó tan desilusionada de la red del SENAME, que renunció a su trabajo después de la muerte de Paola.

Como profesional del Programa de Intervención Breve "Horizonte", Gladys tuvo a su cargo la supervisión de la menor en el contexto de la medida cautelar del tribunal de familia de Copiapó que otorgó la protección de la niña a Leonor Villalobos.

—Ella, la señora Leonor, era muy rígida. No le gustaba que se introdujeran en su dinámica familiar.

Ella lo comprobó mejor que nadie, cuando la propia Leonor Villalobos llegó a denunciarla al mismo tribunal por intromisión indebida.

—Nosotros siempre intentamos que Paola se pudiera ir con sus hermanitos al hogar (la residencia Manantial), pero estas solicitudes siempre fueron rechazadas en el tribunal. Y nos fuimos dando cuenta que existía vulneración y posibles riesgos en la casa donde estaba viviendo. Por ejemplo, en el peritaje social que se realizó en el Programa de Diagnóstico Ambulatorio (DAM), la señora Leonor no era la misma que se mostró después.

Recuerda la vez en que las llamaron del colegio para avisarles que Paola se había descompensado, que estaba muy tensa.

—Nos avisaron (al PIB "Horizonte"), porque estaba regulada la relación con los padres, ya que la señora Leonor no dejaba que ellos se acercaran a la niña. La niña se quería ir a vivir con la mamá. Yo le decía: "Paolita, estamos tratando de hacer lo mejor que se pueda".

Cuenta que en esa ocasión conversaron con Paola y detectaron claramente que la niña no estaba bien en la casa de la cuidadora, que se encontraba muy angustiada. Se preguntaban qué hacer.

—La fui a dejar a la casa. Ella siempre estaba muy temerosa de hablar. "Hija, le dije, te voy a dejar a tu dormitorio". Me tomó de la mano, atravesamos la casa y me lleva a una bodega de material ligero. Todo con hoyos. Los muros eran como de cholguán viejo, con aperturas en las junturas, el cielo roto, una instalación eléctrica chamullada, un colchón de espuma amarillo. Y me dice: "Aquí duermo".

La habitación que inicialmente mostraba Leonor como el dormitorio de Paola, en realidad era de su nieta.

—En otra oportunidad me encontré con don Simón Pacajes, que estaba muy mal porque él necesitaba ver a su hija de vez en cuando y se lamentaba que las veces que trataba de hacerlo la mujer lo rechazaba. Pasé un día, como 20 para las 7 de la tarde, a visitar a don Simón y me dijo si lo acompañaba a ver a Paola. Me quedé mirando desde la camioneta cuando don Simón se bajó, y esta señora comenzó a insultarlo. Los Pacajes son bien humildes, no responden a esos ataques. Me bajé del auto y cuando la señora Leonor me vio, me agarró a mí también: que qué estaba haciendo yo ahí, si mi tarea era preocuparme de la niña pero no de ella. Le expliqué que mi deber era hacer visitas domiciliarias. Y ahí vi a Paola con los pantaloncitos y sus zapatillas mojadas. Me dijo: "pero tía, si está bien, si es mi ropa no más la que estoy lavando". Doña Leonor se defendió: "Ella está lavando su ropa porque yo la estoy preparando para que sea una buena mujer". Le dije que al contrario, que ella le tenía que enseñar otras cosas. Pero doña Leonor no aceptaba orientaciones o consejos.

—¿Cuándo vio a la niña por última vez?

—El 30 de noviembre de 2010 (tres meses antes de su muerte en Carrizal Bajo). Esta señora (Leonor) fue a reclamar al tribunal que estábamos encima de ella, que yo tomé unas fotos en su casa. Desde el tribunal pidieron que yo la cortara, porque esta señora iba a poner demanda de invasión a su privacidad. Pero yo tenía que mostrar su dormitorio: La habitación no era la de Disney que había mostrado en un principio. Por tratar de hacer bien las cosas, por tratar de apoyar, desde el tribunal solicitaron que cambiaran la dupla sicosocial que controlaba la protección de Paola.

Se retiró del programa PIB Horizonte, dependiente del SENAME.

—Después de un tiempo me llamó la Carola (Carolina León, la psicóloga del PIB Horizonte que hacía dupla con ella) y me contó que la Paolita estaba muerta. Me puse a llorar, porque esta cuestión se veía venir. Me puse en contacto al tiro con la señora Mery para acompañarla y hacerle contención.

Lo hizo por iniciativa personal.

No puede evitar los recuerdos de lo que vio en casa de la cuidadora. Un día, dice llegó de sorpresa:

—Parece que había una fiesta, alguna celebración, y la Paolita andaba con paños de cocina atendiendo. Entré y me agarró Arturo Araya, mientras decía: "Qué anda haciendo esta galla, andai puro sapiando". Pedí hablar con la señora Leonor. Le dije que no podía permitir que me estuviera insultando y se escuchó más potente la voz de este hombre. Le dije que la cortara, que yo iba a tener que seguir informando, que no tenía que ser ésa la forma de expresarse.

A esta asistente social se le clavó una duda:

—Yo tenía la mala espina de la pareja de la señora Leonor, que era un viejo, y de este tipo (Arturo Araya).

En cuanto a Leonor, manifiesta:

—Era una vieja pilla, una mujer de la feria, vieja chora, con carácter, y bien agresiva también. Se caracterizaba por sentarse a escuchar recién cuando uno la llamaba por tercera vez, y siempre todo lo criticaba.

Se queda pensando y comenta que la niña hablaba mucho del tema de Dios.

—Me da la impresión que esta señora le creó un Dios castigador a la Paola. Al beneficio de esta mujer, Dios la podía premiar. Esta señora pertenecía a un grupo de la Iglesia Evangélica. Decía que como era una mujer cristiana y que participaba de su iglesia, eso la hacía ser buena y que por eso había salvado a la niña.

—¿Hubo alguna gestión oficial en el tribunal, para que vieran esta situación?

—Se hizo una solicitud mediante un informe, y también dimos una información en la audiencia. En la sala de audiencia, eran verdaderos alegatos con ella; siempre se justificaba de lo que estaba haciendo.

Y parece que los jueces le creían a Leonor:

—A pesar de que exponíamos estos problemas, no recibimos el apoyo del juez. Y muchas veces toda la información que se entregó en la audiencia, incluso con la solicitud de la misma niña, no se aceptó. Cuando dieron la respuesta negativa a nuestra petición de que la trasladaran, no lo podía creer. Fuimos a hablar con la curadora *ad litem*, Marisol Delgado. Le dimos a conocer todas estas vulneraciones, y nunca nos apoyó. Hablamos con ella y le pedimos por favor que cómo era posible que fuera tan obstinada, porque se seguía negando a dejar que la niña ingresara al centro Manantial.

Después que falleció Paola "no quise trabajar más en la red, porque quedé muy decepcionada. No de la gente, pero nada de lo que estuvimos informando valió. Y pasó, lo que no tenía que haber pasado. Si se hubiese ido al hogar… ¿Por un capricho de una curadora? ¿Por una respuesta del juez que dijo que no?".

CAPÍTULO 11

EL HUMANO TESTIMONIO DE UNA JUEZA

Paola medía un metro 20 y su corazón pesaba 200 gramos cuando la abusaron y asesinaron. El corazón de un adulto pesa 300 gramos, pero, ¿cuánta carga más de sufrimiento habrá sumado el de la niña boliviana?

Más de 40 casos de violación con homicidio de menores se han registrado en Chile desde 1996. La fecha es crucial, porque marcó un hito.

Ese año la víctima fue de Talcahuano, al lado de Concepción, en el centro sur del país. Se llamaba Elena Yáñez y tenía apenas cinco años.

El homicida de Elenita fue condenado en primera instancia a pena de muerte. Dos años más tarde, se produjo un giro inesperado. Por presiones políticas, la Corte de Apelaciones de Concepción redujo el castigo a presidio perpetuo. Sumado a esto, el abogado que representaba a la familia, Miguel Jara, pidió que le revocaran el patrocinio y poder debido a que asumiría como Jefe de la Corporación de Asistencia Judicial. Justo en momentos en que debían presentar un recurso de casación ante la Corte Suprema para intentar revertir la situación, los padres de Elena se quedaron sin apoyo legal.

Justo ese año el Presidente Eduardo Frei Ruiz-Tagle había indultado a Cupertino Andaúr, autor de uno de los crímenes más impactantes en Santiago. Había ocurrido en vísperas de Año Nuevo, el 30 de diciembre de 1992, cuando entró junto a otros dos delincuentes a robar a la casa del cardiólogo Alejandro Zamorano, en uno de los sectores más elegantes de la capital, en Lo Curro. Justo esa noche los padres habían salido a comer y el único de los hijos que se encontraba en casa era el niño Víctor Zamorano Jones, de 9 años, quien dormía. Despertó con los ruidos de los criminales. Ellos lo acuchillaron y lo aturdieron. Luego salieron con el botín. Sin embargo, Cupertino se devolvió y violó a Víctor.

El indulto presidencial provocó una fuerte controversia política y los asesores de Frei no estaban dispuestos a someterlo nuevamente a tomar una decisión de esa naturaleza. Coincidentemente, la Corporación de Asistencia Judicial le quita el apoyo a los padres de Elenita a menos de un mes de que venciera el plazo para recurrir a la Corte Suprema y pedir la pena de muerte del violador y asesino de su hija.

Los papás de Elena llegaron hasta la oficina del abogado Alejandro Espinoza a solicitar su ayuda. "Esta historia demostró que las familias de las víctimas de menores de edad que eran violados y asesinados en Chile, y que no tenían dinero, quedaban en la completa indefensión, sin asistencia jurídica independiente y de calidad, sin apoyo psicológico ni social", comenta el profesional, quien además de asesorarlos gratuitamente, decidió hacer público el caso.

La historia, relatada en los medios de comunicación de la época, impactó al empresario Andrónico Luksic Craig, quien le pidió entonces a su asesor legal y amigo personal, el abogado y académico de la Facultad de Derecho de la Pontificia Universidad Católica de Chile, Ramón Suárez González, que investigara el caso e intermediara. Así lo hizo, para lo cual contactó a Alejandro Espinoza.

Fue la primera intervención del empresario en defensa de una víctima menor de edad de violación con homicidio. Pero lamentablemente, el crimen de Elena Yáñez no fue un hecho aislado. Ese mismo año 1998 hubo otras tres violaciones con homicidio de niños: uno de 10 años en Coelemu, otra de 17 en Valparaíso y una niña de 4 en la localidad de Hualañé.

Por todo esto, Luksic decidió crear en 1998 la Fundación Amparo y Justicia, que desde entonces ha intervenido en casi 40 casos similares ocurridos a lo largo de todo Chile, y que ha tenido un rol importante en las políticas públicas al dejar en evidencia la necesidad de que el Estado se haga cargo de las víctimas.

El presidente de la entidad, Ramón Suárez, quien ha estado en ella desde sus inicios, cuenta que, entre los casos que han conocido a fondo, el de la niña boliviana Paola Pacajes Canqui "fue tal vez un verdadero paradigma de lo vulnerable, de la debilidad de la existencia humana en una sociedad en la cual no tiene la más mínima protección. Esta familia era la expresión de la soledad, de lo ajeno en un país donde todo le resultaba difícil".

—Y el Estado, ¿de qué manera discrimina?

—Tengo la sensación de que las instituciones del Estado son la expresión de la sensibilidad de la sociedad. Y en esa medida, si recordamos, por ejemplo, el caso de las niñas de Alto Hospicio, esa fue la expresión máxima de la discriminación, en que diversas autoridades trataron indebidamente a estas familias por su vulnerabilidad. Se dijo que las niñitas se estaban prostituyendo en Tacna, que era gente muy pobre y promiscua, que quién sabe de qué se estaban librando al no estar en sus casas. Había jueces que mandaban a tomar las medidas y las distancias que había entre una cama y otra para ver si había promiscuidad o no en esas casas.

El caso de Alto Hospicio remeció a todo el país en 1999, cuando una serie de desapariciones de jovencitas movilizó a toda la policía. En primera instancia decían que las menores habían cruzado la frontera para prostituirse. Pero dos años después una sobreviviente acusó a Julio Pérez Silva, quien reconoció los crímenes y fue condenado como autor de la muerte de 12 niñas y dos mujeres adultas, a las que ocultaba luego de sus violaciones.

"PUDO HABER PASADO COMO UNA LAMENTABLE MUERTE"

Después del caso de Alto Hospicio hubo un cambio en el país; la sociedad recogió el guante y las autoridades, incluyendo al presidente Ricardo Lagos, pidieron perdón. Del mismo modo, Ramón Suárez está convencido de que la historia de Paola marcará un antes y un después.

—Creo que este caso contribuirá a que en el futuro haya un mejor trato a los inmigrantes.

El presidente de la Fundación Amparo y Justicia explica que, en un principio, esta investigación prometía poco; pudo haber pasado como una lamentable muerte en un incendio. Había que ligar varios aspectos: a un individuo con un posible ataque sexual, a ese individuo en un lugar determinado y a una persona con un incendio.

—Los esfuerzos de la Fundación y de la Fiscalía permitieron acreditar, en primer lugar, una agresión sexual. Después, una relación entre el agresor y la niña mediante el ADN. Y luego faltaba el tema del incendio: ¿Era intencional o accidental? La prueba de la intencionalidad del incendio fue clave para acreditar esta violación con resultado de muerte.

El peritaje que encargó la Fundación le permitió tener la absoluta convicción de que el fuego había sido intencional. Y luego vino el momento del juicio oral, donde, además de las pruebas, fue necesario tener una argumentación convincente y un panorama muy claro de los hechos al momento de litigar. "Fue muy destacada la participación del abogado y Director de la Fundación, Alejandro Espinoza", sostiene Ramón Suárez.

Aunque todos estos casos requieren de un gran esfuerzo investigativo, en el de Paola todo fue más difícil "porque quien sufrió la agresión era una niña que había sido permanentemente maltratada por el sistema, por la justicia, por los mismos servicios que deberían proteger a los menores de edad", explica Suárez, apuntando al tema de fondo en esta historia.

EL ZAPATO NO LE CALZÓ A ESTA CENICIENTA

Durante el largo tiempo que transcurrió hasta lograr la condena, los abogados de la Fundación se trasladaron entre distintas localidades norteñas, y tomaron estrecho contacto con personal de Investigaciones de Vallenar y con el propio fiscal, Jorge Hernández, en Freirina. Al entrar a la fiscalía local se encontraban con un hombre solitario, rodeado de sus expedientes. Conversaban y se intercambiaban antecedentes e hipótesis. De alguna manera, el principal aporte de la Fundación era transmitir su vasta experiencia en crímenes de esta naturaleza y así, sugerir vías de investigación. Ramón Suárez quedó muy impresionado de este fiscal que puso su alma en el caso.

—¿Y qué impresión se formó de Arturo Araya, el condenado?

—Este era un hombre bastante básico, pero con un afán corrector del deber ser, desde su distorsionada concepción: Me acuerdo perfectamente que en el juicio dijo que si se encontraba con el hombre que podría haber abusado de Paola "yo a ese no le daría la mano, no lo saludo más ni le doy la mano". Sólo un sicópata puede ser tan hipócrita. Era muy especial y muy autoritario, tremendamente autoritario. Bueno, tenía la presencia de una madre tan absorbente y tan drástica.

—A ustedes no les bastó con la condena de Arturo Araya; se querellaron también contra su madre...

—Durante el juicio tomamos conocimiento de los detalles escabrosos de la vida que llevaba Paola con su cuidadora. Nuestra función, inicialmente, estaba en armar un caso de violación con resultado de muerte y tangencialmente registramos esta situación de abuso de una cenicienta a la que nunca le calzó el zapato. A Paola no le calza nada y termina muerta. En el juicio oímos las declaraciones de testigos donde quedó en evidencia la absoluta carencia de interés, rigor y preocupación de los tribunales de familia por la real situación de la niña y de su familia. Detectamos la brutal situación de abuso por parte de la familia de la cuidadora, el desamparo de esos padres que deambulaban de un lugar a otro buscando que les devolvieran a su hija y a quienes les respondían con un portazo. Conversando del tema en una reunión de directorio de la Fundación, tuvimos la sensación de estar frente a una vulnerabilidad extrema. Concluimos que sería bueno que se conociera que esto ocurre en nuestro país, que a veces se siente tan cerca de ser un país desarrollado, exitoso, acogedor. Y yo creo que esta lección para lo que debiera realmente servir es para superar este tipo de actitudes indebidas y avanzar en una fase fundamental del desarrollo, que es la humanidad que debe existir en una sociedad frente a gente tan desvalida.

—¿Quién es más culpable en la historia de Paola?

—Creo que todos tienen una dosis de culpabilidad. Este es un *mea culpa* que deben hacer todos quienes participaron en este caso.

LA MARCA DE UNA MAGISTRADA

En total, seis jueces vieron el caso de Paola Pacajes en el Tribunal de Familia de Copiapó, de acuerdo a quien estuviera de turno en la sala: María José Hernández Soto, Juan Andrés Ramos Parra, Edith Herrera Moya, Macarena Navarrete, Jasna Pavlich y Pamela de la Peña Salazar. Ninguno de ellos advirtió el riesgo que corría la niña en casa de su cuidadora; más aún, rechazaron las solicitudes de la madre y las sugerencias de dos de las profesionales del Programa Horizonte, así como de la directora del hogar de acogida Manantial, para que saliera de la vivienda de Leonor Villalobos.

A Macarena Navarrete, 38 años, titulada en la Universidad Central, donde estudió entre 1994 y 1998, le quedó una marca profunda. Esta jueza confirmó la medida que daba a Paola en protección a esa mujer. Y vivió el momento más terrible de su vida cuando, de turno en el tribunal, recibió el llamado avisando que Paola Pacajes estaba muerta.

Tras una serie de infructuosos esfuerzos por ubicar a esta magistrada en Copiapó, finalmente contestó el teléfono y sorprendió con su primer comentario: "Tengo mucho interés en hablar con usted, porque este caso me marcó para siempre".

Concertamos una entrevista y la segunda sorpresa —basada en los típicos prejuicios de estereotipos— fue encontrarnos con una mujer joven, vestida en forma moderna, que llegó con su hija de cuatro años a la cita.

La niña llevaba un Furby, el regalo de moda de la pasada Navidad 2013. Se sentó con su juguete-mascota a comer helado junto a su madre. El diálogo se extendió y la pequeña se retiró de la mesa mostrando una comprensión instintiva al observar la mirada de su madre cuando le dijo que quería conversar algo delicado, que prefería que ella no escuchara.

Comenzamos hablando de su carrera. Hizo su práctica como abogado en la Fundación de Asistencia Legal de la Familia y ahí empezó a especializarse en el área. Litigó durante tres o cuatros años, y se dio cuenta que no era lo suyo.

—Ahí pensé: Lo mío es resolver, solucionar el problema para que finalmente se proteja a quien tiene la calidad de más débil. Y me decidí a postular a la Academia Judicial para ser juez de familia.

La especialidad en la Academia Judicial dura seis meses. Pero, además, hay que tener un curso de formación en tribunales de familia, que es intensivo por tres semanas. Con esos requisitos cumplidos se postula a los juzgados de familia.

Macarena Navarrete fue, primero, secretaria suplente en el juzgado de Letras y Garantía de Chañaral; luego, jueza en Vallenar y desde el año 2006 es jueza de familia en Copiapó.

Cuando a principios del año 2010 se abrió la causa de los Pacajes Canqui, le correspondió a su colega María José Hernández ver inicialmente el tema de las medidas cautelares de estos niños. Luego se fueron programando las audiencias en las cuatro salas del tribunal. Ahí los jueces van rotando en forma semanal, de modo que a cualquiera de ellos le puede tocar el caso.

—Y por eso se explica lo que a usted le impresiona: que tantos jueces intervinieran en la causa de Paola Pacajes. Antes del año 2008, un juez conocía las causas de una sala donde estaba radicado, pero después de esa fecha hubo una modificación legal y todos los jueces de familia rotamos; salvo en Santiago, donde el centro de medidas cautelares tiene una dotación que rota cada seis meses.

—¿Cree que es beneficiosa o perjudicial la rotación?

—Tiene sus pros y sus contras. Pero en el caso de Paola, yo creo que si un juez hubiese resuelto todo, habría sido distinto. Porque el que uno solo vea siempre la misma causa permite conocerla bien.

POR QUÉ NO SE EVALUÓ A LA CUIDADORA

Raras veces los jueces se juntan a conversar de las causas; no está en el plan de trabajo. Pero a veces comentan casos emblemáticos que les llaman la atención.

—¿Y el de Paola era considerado emblemático antes de su muerte?

—Sí, en algún momento los jueces conversamos al respecto, porque llevaba mucho tiempo y los papás no avanzaban. Cuando uno ingresa a un niño a un hogar residencial, o lo deja bajo el cuidado de terceras personas, es con la finalidad de habilitar a los padres para que pronto puedan recuperar el cuidado de los niños. Pero estos papás siempre estaban con excusas, con pretextos, y nunca se habilitaron de buena forma. Entonces, llevábamos dos años interviniendo con la familia y ellos todavía no estaban en condiciones de recuperar a los niños. Y eran niños que no eran chilenos, entonces su internación era distinta. Es más, recuerdo que la mamá en algún momento dijo que se iba a devolver a Arica y que si a los niños se los internaban, lo hicieran en esa ciudad, pero estaba llana a que se los internaran.

—¿Y a qué atribuían ustedes los pocos avances con la familia?

—Nunca lo conversamos, en realidad. Desde mi perspectiva, yo creo que a los escasos elementos de protección que tenía la mamá. Ella no era capaz de ver los riesgos, no se daba cuenta que si los niños estaban en residencia no se encontraban bien. El Programa de Intervención Breve "Horizonte" hizo un trabajo permanente con ella para tratar de que adquiriera hábitos de higiene, por decirlo de alguna forma; y que se diera cuenta que la chiquitita de 13 años no debía estar encargada de las hermanas, porque la Mariela era como la mamá. Mery trabajaba todo el día, pero no era capaz de darse cuenta que no bastaba con trabajar y tener plata, porque no lograba hacer nada más. Llegó a

Chile con una expectativa que se le cumplió en lo laboral, pero dejó de lado todo lo que es familia.

—Usted dice que la señora Mery no veía el riesgo de que sus hijas estuvieran en residencia, pero ella sí veía el riesgo de que su hija Paola siguiera con la cuidadora Leonor Villalobos, al igual que Simón, su pareja.

—A ver, yo creo que hubo una época en la que ellos sí quisieron recuperar a la Paola, pero ahí estaba el punto: en que para esa recuperación, sólo verbalizaban el deseo de recuperarla. No había resultados detrás de eso. No había preocupación por la escolaridad de Paola, por los hábitos de Paola, por tenerle un lugar idóneo; era sólo el discurso, cosa que es muy habitual en materias de protección.

—Pero ellos al final no pedían recuperarla para que se fuera a la casa, sino para que se fuera con sus hermanos al hogar Manantial. ¿Cuál era el inconveniente?

—Yo no lo sé, porque de verdad a la señora Leonor no se le hizo nunca una evaluación que fuera de habilidades parentales. Se adopta la medida de que ella mantenga el cuidado de Paola sin ningún antecedente. Simplemente se le evaluaron las condiciones habitacionales, la relación que tenía con la niña y eso.

—¿Y por qué no se le hizo una evaluación de fondo?

—Porque finalmente se llega a un acuerdo, porque para finalizar ese caso, si bien es cierto la jueza Pamela de la Peña dicta sentencia, esa sentencia fue en base a lo que se propuso desde un principio, que era que los otros chicos quedaran en la residencia y Paola quedara con la señora Leonor. Entonces, no se hicieron grandes evaluaciones respecto de la señora Leonor.

—¿A quién correspondía pedir esas evaluaciones?

—Eso es un tema súper complejo, porque generalmente lo piden los abogados de las partes. En este caso, la señora Mery tenía un abogado y los niños estaban representados por un abogado que es el curador *ad litem*, no recuerdo quién era…

—Marisol Delgado.

—Sí, la Marisol Delgado. No recuerdo si se pidieron esas pericias.

Revisa una documentación que trae en su carpeta y rectifica:

—Sí, la señora Mery las pide en el año 2010, en enero. Y esos informes se hacen, pero finalmente lo que se logra es un acuerdo en base a que Paola permanezca con la señora Leonor. Entonces esos informes no formaron parte del fallo, por decirlo de alguna forma, porque lo que se propone por el tribunal es un acuerdo.

Vuelve a revisar su carpeta y dice:

—En esos informes psicológicos y sociales no se abordó habilidades parentales, y se vieron más aspectos de forma que de fondo, considero yo.

—¿Pero a quién correspondía pedir que se evaluaran las habilidades parentales de la postulante a cuidadora?

—A cualquier abogado. Y si no los pedía un abogado, el tribunal los debiera decretar. Pero eso de "debiera decretar" depende mucho del juez que está a cargo de la audiencia que prepara el juicio. Porque cada juez tiene criterios distintos respecto de la prueba. Hay jueces que consideran que es problema de los abogados solicitar pruebas; que no puede suplir el tribunal las falencias de los abogados. Hay otros, en cambio, que tienen el criterio de decretar todas las diligencias necesarias para esclarecer la situación de los niños, independiente si el abogado las solicitó o no; que la labor de los tribunales es proteger a los niños y por eso se tienen que decretar todas las diligencias que sean necesarias.

—O sea, en un caso dado, ¿**eso queda sujeto al juez que le toque a la familia?**

—Al juez que prepara el juicio donde se ofrecen los medios de prueba. Y si no los ofrecen, el juez debe decretarlo.

—¿"Debe", o depende del criterio del juez?

—Mi criterio es que debe hacerlo.

POR QUÉ NO ESCUCHARON A PAOLA

—¿Por qué nunca, ningún juez de los que vio el caso, incluyéndola a usted, pidieron una entrevista con Paola para escucharla y saber qué es lo que quería la niña?

—En su momento se pidió una audiencia confidencial con la niña, pero como se habría llegado a una salida colaborativa, entiendo que no se la escuchó. Sería la única explicación que le puedo encontrar, porque yo no estuve en esa audiencia. Entonces, puede que las partes hayan pedido que no se escuchara a Paola. Además que como es el derecho de la niña a ser oída, la curadora *ad litem* puede pedir que no se le oiga, o bien puede exigir que se le oiga. Pero cuando llegan a acuerdo, generalmente se omite esa declaración. Ahora, ¿por qué después de decretarse la medida cautelar —que Paola viviera con la cuidadora— no se le oye? Yo creo que es porque después sólo se va revisando la medida de protección —que los hijos de Mery, incluyendo a Paola, no pueden vivir con sus padres—. Y entonces se van viendo aspectos puntuales, como la mantención en la residencia, la permanencia en el programa, la evolución que ha tenido la familia. Y quienes más conocen de la situación son los involucrados; no el tribunal. Y ahí sí que tiene que haber una solicitud para escuchar a la niña, de la curadora *ad litem*, del programa de intervención o de la residencia.

Lo cual nunca se hizo. Nadie la quiso escuchar.

—¿A qué atribuye las decisiones que adoptaron los distintos magistrados sobre el futuro de Paola, y el hecho de que nunca autorizaran que se fuera con sus hermanos?

—Tiene que haber sido en base a la opinión del consejo técnico, que ve los beneficios y los contras que puede tener una solicitud para la niña.

Tres asistentes sociales y dos sicólogas integran el consejo técnico del tribunal, que debe emitir una opinión y el juez evalúa si se ajusta a lo que se está solicitando y al resto de la causa.

—Uno de los fundamentos puede haber sido la circunstancia de que cambiarla de domicilio podría significar un cambio en el colegio. Distintos factores pueden haber influido.

—El 1 de octubre de 2010 el PIB "Horizonte" emitió un informe para el tribunal, donde señala que la asistente social Gladys Ariela Hube llegó a la casa de la cuidadora y encontró a Paola lavando ropa, con su vestimenta mojada, y que descubrió que la pieza que le asignaban a la niña era una bodega donde guardaban ropa y otras cosas. Y el 30 del mismo mes el PIB "Horizonte" sugirió directamente al tribunal ingresar a Paola al Centro Manantial porque resultaba beneficioso para la niña. ¿Por qué el tribunal no accedió?

—Uno no conoce la causa permanentemente, va rotando.

LAS RAZONES DE UNA MALA DECISIÓN

En este momento de la entrevista, la jueza Macarena Navarrete revela un hecho que impresiona:

—Cuando Paola fallece, yo ahí empiezo a revisar todos los antecedentes y me doy cuenta que a esa niñita la debían haber ingresado antes a la residencia del Centro Manantial.

—El 4 de noviembre de 2010 la jueza Yasna Pavlic dispone que se dé lectura al informe del PIB "Horizonte". Y el 10 de noviembre el juez Andrés Ramos decide mantener la medida de protección a las niñas, incluyendo que Paola se quede con la cuidadora.

—Ya recuerdo: estaba la sugerencia, estaba bien fundamentada la solicitud de los padres, y se ordena mantener a la niña con la señora Leonor, cuando ya había antecedentes de que Paola estaba siendo igualmente vulnerada. Pero yo esta revisión la hago dos o tres días después que fallece Paola, para ver dónde estuvo nuestro error, dónde nos habíamos equivocado.

—Hay un hecho insólito: el 29 de noviembre, atendida la queja de la cuidadora Leonor Villalobos, la jueza Pamela de la Peña resuelve que se sancione a la asistente social del PIB "Horizonte" que denunció maltrato a Paola y tomó la foto de su dormitorio. ¿Qué le parece a usted eso?

—No puedo decir nada. Es una colega, estamos las dos en funciones.

—Pero no le estoy hablando de colegas, sino de un caso donde murió una niña.

—En lo personal, yo le doy credibilidad a lo que me está informando el profesional, más allá del mecanismo que haya empleado. Muchas veces se nos quejan de que la asistente social llegó prepotente, y sabemos que en ocasiones la metodología que ocupan estos asistentes sociales no es la más adecuada, pero es la única que tienen para llegar a pesquisar los hechos. Entonces, yo le doy credibilidad al fondo del asunto más que a la forma. Ahí se sancionó porque se había vulnerado el derecho a la privacidad de la familia de la señora Leonor; contra su voluntad habían tomado esas fotos y por eso se sanciona a las profesionales. Mi perspectiva es que aquí hay un interés mucho mayor que proteger el derecho a la privacidad de la señora Leonor, que es qué está pasando con la niña en su casa. Pero hay jueces que tienen otro criterio, que es mucho más garantista: que si se vulneró el derecho a la propiedad o a la privacidad de la persona, esas fotos no sirven. Para mí no es así, en este tipo de casos.

—Después, la jueza de la Peña autoriza a que la niña se vaya de vacaciones con la señora Leonor.

—Durante ese periodo de vacaciones yo dispongo que traigan a la niña a ver a sus hermanos a Copiapó.

—El 20 de enero de 2011 usted efectúa la última audiencia, de revisión de la medida de protección, antes de que muera la niña. Ahí usted mantiene la medida de que Paola siga con la cuidadora, cuando ya estaban todos esos antecedentes...

—Sí, porque recuerdo perfectamente bien que lo que informa en esa ocasión el PIB "Horizonte", que ya no tenía a la misma dupla que había hecho las anteriores evaluaciones, era que la niña estaba bien fuera de Copiapó, en Carrizal, tranquila, contenta. Y que lo único que deseaba ella era que se mantuvieran las visitas con sus hermanos.

Entonces uno ve que se habían producido cambios, yo no sé si cambios en el discurso de las nuevas profesionales o cambios reales. Uno no tiene cómo saber eso, salvo por lo que informan los profesionales a cargo del caso. En ese momento la niña estaba en Carrizal Bajo y se informó que había sido muy beneficioso ese periodo de vacaciones en la casa de la señora Leonor.

—Fueron dos visitadores sociales quienes dijeron haber visto que la niña iba a la playa, cuando los vecinos de Carrizal dicen que nunca la vieron bajar a la playa, sino que siempre estaba realizando quehaceres. Parece que ahí doña Leonor hizo una puesta en escena…

—Lamentablemente, nosotros no tenemos la posibilidad de enviar a nuestras propias asistentes sociales y los programas de intervención son nuestros ojos. Esa es una de las falencias del sistema. Y lo que informan los programas que están en contacto permanente con la familia es la base sobre la cual nosotros resolvemos. Yo, en ese minuto, en esa fotografía, mantengo la situación por la estabilidad de la niña.

—Pero ya estaban las fotos del lugar donde hacían dormir a la niña en la casa de Copiapó.

—Yo nunca vi esas fotos. Se nos dijo que había fotografías, pero la jueza Pamela de la Peña las excluye, no permite que se incorporen porque habían sido obtenidas de manera ilegal. Entonces, al menos yo nunca tuve acceso a esas fotografías. Cuando yo intervine, mantuve la protección de la niña y dispuse que al retorno de vacaciones se constituyera el tribunal en una visita inspectiva en su casa, para ver si efectivamente la niña estaba bien. Lo puse en la fecha 7 y 11 de marzo, que es cuando la niña ya iba a estar en Copiapó. Pero la niña falleció.

—**Esa fue la última audiencia.**

—Y se iba acercando el traslado de Paola al Centro Manantial, porque también dispuse que la niña estuviera desde el 10 al 14 de febrero pernoctando en el Centro. Le pedí a la directora del Centro Manantial que nos informara cómo se desenvolvía la niña dentro de la residencia. Y precisamente decreté la inspección personal al domicilio de Copiapó para ver si era real todo lo que se estaba describiendo. Ante un escenario tan contradictorio, tenía que priorizar la estabilidad de la niña en ese momento, versus sacarla e ingresarla a la residencia, lo que para nosotros es la última alternativa.

—**¿Consideran que enviar a un niño a una residencia es la última alternativa?**

—Siempre es la última alternativa. Si hay alguien que tenga las condiciones para hacerse cargo de la niña, se prioriza esa línea. Ahora, alguien idóneo, alguien que satisfaga las necesidades de la niña.

—**Lo que no era el caso…**

—A ver, en un principio el informe del PIB "Horizonte" es súper categórico (respecto de lo perjudicial que es para la niña vivir con doña Leonor), pero después informan que ya no se siguen dando esas situaciones, que la señora Leonor había modificado esa conducta y que estaba en Carrizal y estaba bien. Y en su minuto tengo que haber tenido mi justificación para decretar que nos constituyéramos como tribunal en la casa de la señora Leonor, seguramente sospechando que la situación no se había revertido.

Macarena Navarrete estaba de turno el 28 de febrero de 2011, cuando desde la residencia Manantial avisaron al tribunal que Paola Pacajes había muerto en un incendio.

—En ese minuto yo quedé en un estado de *shock*, altamente afectada porque era una niña boliviana y teníamos que informarle a la mamá.

Le pidió a la consejera técnica Danitza Martínez que se comunicara con la directora del Centro Manantial (que les había avisado) para ubicar a Mery Canqui. No lograban encontrarla, porque estaba trabajando en los parronales, en una zona donde su celular no recibía señal.

Fue largo, muy largo ese día para la jueza. Durante toda la tarde estuvo pensando cómo se lo decían a la madre. Conversaba con la consejera técnica sobre quién debía darle la noticia.

—Yo me cuestionaba si era la persona idónea, porque, mal que mal, yo era la jueza que resolvió, aunque no lo haya resuelto yo personalmente, entregar a esta niñita a la señora Leonor. Me ponía en el lugar de esa mamá que había venido a Chile con expectativas de trabajo y que le había pasado todo esto. ¿Teníamos las herramientas necesarias para contener a esa mamá en ese minuto? Yo ya era mamá en ese momento, entonces decía: "No, no puedo". Me cuestionaba mi capacidad para darle esta noticia a esa señora. Acordamos que fuera doña Aurora (la directora del Centro Manantial) con el consejero técnico quienes le dijeran.

La oficina de la jueza Navarrete está en el segundo piso del tribunal. Ahí recibió a Mery Canqui a eso de las seis de la tarde. Le dijo que la consejera técnica y Aurora Barrios tenían que conversar con ella sobre la situación de su hija.

—La llevaron a una sala de reuniones que tenemos, una sala muy fría, pero no había otro espacio. Yo estaba en la oficina del lado. Ella preguntó si la niña estaba viva y ellos le dijeron que no.

La madre se desmoronó y Aurora Barrios la contuvo.

—Yo escuché los gritos desde mi oficina. A mí esos gritos nunca se me van a olvidar. Decía: "¡Mi guagua, mi guagua!"

—¿Le había tocado vivir algo así?

—Nunca. Fue demasiado fuerte. Y después vino todo el tema de la autorización para retirar el cuerpo. Como legalmente le correspondía a la señora Leonor, ella lo tenía que retirar. Pero yo autoricé que la mamá viajara a Vallenar a retirar el cuerpo, argumentando que la niña ya no era sujeto de medida de protección, por frío que sonara, y eso lo plasmé en la causa. El cuerpo le pertenecía a sus papás.

"COMETIMOS MUCHOS ERRORES"

La jueza no se quiebra. Sin embargo, sus ojos reflejan el peso de la experiencia vivida.

—Esa causa me persigue hasta hoy. Porque es tanto el impacto, que cuando me enteré de la condena del sujeto fue como un descanso. Y, de hecho, me desentendí de seguir conociendo la causa, porque yo no tenía la capacidad de ver a esa mamá. Preferí no volver a verla después que hice esa revisión como un *mea culpa*.

Había pasado apenas un par de días desde que se le había entregado el cadáver calcinado de su hija a Mery Canqui, cuando la magistrada se sumergió en el expediente, buscando las razones por las cuales Paola Pacajes fue entregada a Leonor Villalobos.

Con la mirada de después del crimen, se preguntaba por qué no se ingresó a la niña a la residencia Manantial junto a sus hermanos.

—Y ahí advertí que la causa partió mal, porque se inició con un informe de la OPD (Oficina de Protección y Derechos de la Infancia) que nos pinta a esta señora Leonor como la salvadora de Paola.

Luego detecta en el expediente los informes de las profesionales del PIB Horizonte y de la directora de la residencia Manantial recomendando el traslado de la niña.

—Entonces ahí viene el *mea culpa* de decir por qué, si había gritos pidiendo ayuda, no intervinimos antes. Por qué nunca se escuchó a la Paola. Recuerdo que la directora de la residencia Manantial pedía que ingresáramos a la niña a la residencia. Pero nosotros tenemos tan arraigado eso de que la residencia es la última alternativa, que mientras no nos convenzamos que es lo mejor, no la ingresamos. Y yo creo que esa convicción no se nos produjo a ninguno de nosotros porque por un lado estaba este escenario que montaba la señora Leonor, y por otro, estaban los informes. Entonces era todo tan contradictorio, que no teníamos todos los elementos. Porque sabíamos, además, que esta mamá y este papá no estaban dando de sí lo mejor para recuperar a estos niños. Entonces, ingresar a la Paola a la residencia era ingresarla hasta los 18 años, como suele ocurrir. Yo creo que eso hizo que nunca nadie se atreviera a ingresarla: el temor a que iba a estar ahí hasta que cumpliera dieciocho; el temor que los papás se fueran y los abandonaran en la residencia y ella se iba a quedar con la sensación de abandono de los papás y la sensación de abandono de la señora Leonor. ¡Pero nunca se le escuchó, tampoco! Yo creo que acá fue toda la red la que falló. Yo puedo ahí atribuir responsabilidades a los profesionales del PIB, a los jueces que intervinimos en la causa, a los abogados que intervinieron en la causa. Ninguno fue capaz de percibir lo que estaba viviendo la Paola antes del incendio. Porque más allá de la vulneración a la que estaba expuesta con la señora Leonor, nosotros jamás sospechamos que estaba siendo víctima de abuso sexual.

—¿Por qué le atribuye responsabilidad también al PIB "Horizonte"?

—Porque ellos trabajaban directamente con la niña y no fueron capaces de advertir esta vulneración sexual. Ellos advirtieron que estaba lavando ropa, que no tenía una cama adecuada, pero fueron cosas de forma. ¿Por qué la niña quería volver con sus papás? ¿Acaso porque la estaban haciendo lavar ropa, cuando la niña había estado en la calle pidiendo? No podía ser por eso. Entonces, algo más grave había. Y no lo advirtieron.

Vuelve al punto de partida y reitera que esto partió mal con la medida cautelar de pasar a la niña a Leonor Villalobos.

—Y continuó mal, porque el tribunal dispuso que esta niñita siguiera con la señora Leonor y uno da por hecho que el tribunal tuvo todos los antecedentes para resolver. Entonces, durante la tramitación de la causa no somete a revisión eso…

—¿Y hubo también prejuicios?

—No, porque nosotros tenemos gente con mucha deprivación sociocultural y es un elemento que consideramos, pero no forma prejuicio.

—Pero una jueza le dijo a Mery cómo no sabía llegar a Carrizal si viajaba a cada rato a Bolivia…

—Desde mi perspectiva, no es un argumento válido decirle eso a una persona. Y se autoriza que se vaya a Carrizal Bajo. Todo mal. Pero uno esto lo ve después, porque durante la tramitación de la causa uno ve que la niña está en una casa, que no anda en la calle pidiendo, que está escolarizada, que tiene un espacio donde dormir cuando con los papás no tenía nada y en dos años no mejoraban. Los papás no eran garantía de no vulnerabilidad. Pero la residencia tampoco era una garantía, porque hay una época en que nosotros sabemos que hay un niño que abusa de los demás dentro de ese hogar. Entonces al niño se le saca de la residencia. En este caso, la alternativa menos mala, con los antecedentes que teníamos, a los ojos del tribunal, era la señora Leonor. Porque nadie vislumbró este abuso. Es cierto que la vieron lavando ropa, pero eso era menos malo que tenerla en la calle pidiendo, sin comida, sin nada.

—Después que hizo toda la revisión, ¿habló del caso con otros jueces?

—No, nunca más. Por una cuestión personal.

—¿Escuchó decir a sus colegas algo así como "la embarramos"?

—No, yo creo que no existe esa convicción. Yo creo que se responsabiliza a gente externa. Pienso que esa convicción la adquirí yo porque me tocó vivir ese episodio. O sea, yo puedo hacer ese *mea culpa* y decir "todos nos equivocamos", porque me tocó a mí estar ese día al otro lado del teléfono. Tal vez si yo no hubiese recibido ese día la noticia de la muerte de Paola, no hubiese hecho un *mea culpa*.

—¿Esos gritos de la madre de Paola la persiguen?

—Nunca, nunca se me van a olvidar. Yo estuve mal por esa causa unos tres meses. Llegaba a la casa bajoneada, me cuestionaba si estábamos haciendo bien las cosas. Si me llegara a tocar hoy una audiencia con esa familia, me voy a inhabilitar. El hecho de que cometimos, como red de asistencia, tantos errores, me impide poder resolver a futuro. Yo creo que ese *mea culpa* no lo han hecho mis colegas por eso mismo, porque alguien tiene que resolver. Y si se involucraran como yo lo hice, no podrían. Ellos no escucharon esos gritos…

—¿De qué manera esa experiencia le ha influido en sus actuales decisiones?

—Yo creo que hoy hay cosas que no acepto. Cuando a veces las partes traen acuerdo de dejar a los niños con terceras personas, digo no; evaluemos primero, díganme quién es. Precisamente porque ya entregamos a una menor a un tercero sin evaluarlo y esa niñita falleció.

Epílogo

Mery Canqui y Simón Pacajes viajan a menudo a Arica, a visitar la tumba de Paola. La última vez los acompañó un nuevo integrante de la familia, Simoncito, que el 20 de septiembre de 2014 cumplió dos años.

Cuando en diciembre de 2011 Mery quedó embarazada de este último hijo, sintió que de alguna manera Dios le devolvía a Paola, a quien había perdido nueve meses antes. Fue tan profundo el dolor, tan largo el sufrimiento que había experimentado, que al fin tenía una compensación. Simoncito le dio luz a su mirada. Con él viajó por primera vez en avión, cuando la Fundación Amparo y Justicia la invitó a Santiago, en mayo de 2013, a compartir con otros padres que han perdido a un hijo bajo similares circunstancias. Ahí se le abrió el cielo y el apetito por seguir volando.

Al poco tiempo de nacer Simón, Paola se le "manifestó" a su hermana Mariela, que también quedó embarazada. Así lo interpretó Mery, quien vio crecer su vientre casi en paralelo al de su hija mayor, que tuvo a Jonathan.

Los Pacajes Canqui siguen viviendo en el humilde pasaje Argentita en una toma de la población Los Minerales, en Copiapó. Ampliaron la casa: le hicieron dos nuevas habitaciones hechizas, porque ahora están todos juntos, Simón y

Mery con sus hijos Carlos, Mirza, Mariela y los dos niños, que pasan de brazos en brazos.

Mery volvió a trabajar. En verdad, ya estaba aburrida de permanecer en la casa, pero no quería dejar a su guagua; esperó a que dejara de tomar leche materna.

Simón, su marido, continúa en labores de temporada. Al concluir este libro, trabajaba como transportista en una minera, luchando por sacar a Mery y a toda su familia de la pobreza.

A principios de 2014, su primo Elvis lo llamó por celular para pedirle que Mery y él levantaran la demanda que le hicieron cuando en 2009 Mariela lo acusó de abusar sexualmente de ella. Al finalizar este libro, ese proceso judicial estaba pendiente y sin mayores avances, porque el acusado no se había presentado a los tribunales.

Y hay otro proceso abierto: la querella interpuesta por la Fundación Amparo y Justicia contra Leonor Villalobos, la cuidadora. En uno de sus informes, la Brigada Investigadora de Delitos Sexuales y Menores de Copiapó concluyó: "Las declaraciones tomadas en Carrizal Bajo en su totalidad coinciden en que la niña Paola Pacajes Canqui era vulnerada en sus derechos".

Pero el sol brilla en Copiapó y Mery Canqui continúa viendo a Paola que se le aparece en sus sueños, donde le dice que está bien, que ya todo pasó.

En otra ciudad del norte, a 16 kilómetros de La Serena vive Arturo Osciel Araya Villalobos. Reside en un moderno edificio que a la distancia parece una gran universidad, pero que en realidad es un complejo penitenciario.

Se llama "Huachalalume", que, en una combinación quechua y mapuche, significa "valle de la luna".

Se trata de una de las tres primeras cárceles concesionadas que se levantaron en Chile, considerada modelo. Ahí no hay hacinamiento, los espacios son amplios y la construcción, que data de 2006, aún se ve nueva.

A Araya lo trasladaron a ese recinto, desde la cárcel de Copiapó, gracias a innumerables gestiones que hizo su madre, doña Leonor, para impedir que lo llevaran a Arica. Me lo cuenta el propio condenado por el crimen de Paola, durante una visita que tuvo sorprendentes ribetes.

No era la primera vez que intentaba conocerlo. Quería verle el rostro al asesino de Paola. Presenté una solicitud escrita a Gendarmería. Casi un mes después recibí la respuesta: el reo no accedía a ella.

A pesar de su negativa, viajé a La Serena en diciembre y de ahí me trasladé a Huachalalume, el valle de la luna donde se supone que Araya no volverá a ver el sol. Pero me encontré con un inconveniente insalvable: el hombre estaba cumpliendo castigo por un mes sin recibir visitas, "por tenencia de celular", me explicó el gendarme de la oficina de guardia.

Regresé un mes después, sin ninguna certeza. Después de hacer la primera fila de control, justo en el momento en que tocó mi turno se cayó el sistema computacional. Quizás fue precisamente ese hecho el que me abrió las puertas que hasta ese momento parecían impenetrables para mí. El *impasse* cambió el foco de atención de los guardias y uno de ellos ordenó que me inscribieran manualmente; total, yo era la última de la fila en ese momento y no llevaba bolsos ni paquetes ni nada sospechoso; al contrario, sólo portaba mi documento de identidad (debí haber llevado cigarrillos, lo mínimo que espera un preso, me di cuenta más tarde).

Había salvado el primer obstáculo y avancé por un amplio patio con algunos juegos infantiles para los hijos de los reos que llegan a visitar a sus padres. Seguí por un camino techado y llegué hasta el segundo control. Ahí los gendarmes revisan exhaustivamente todos los paquetes que llevan las visitas, de modo que el trámite es algo demoroso.

Creo haber sido la única que llegó con las manos vacías y con mínima "producción", comparándome con las maquilladas mujeres que hicieron fila conmigo, de labios pintados en rojo encendido, pelo aún mojado del baño y perfumadas para ver a sus hombres. Cuestión que no pasó inadvertida para los celadores, que me preguntaron si era primera vez que acudía ahí.

Faltaba el trago amargo: la revisión corporal. De a cuatro o cinco, las mujeres pasaban a una pieza con cortina y eran revisadas por una o dos gendarmes, en busca de drogas u otras especies —incluidos cortaplumas— que a veces las visitantes camuflan en las partes más insospechadas de su ropa y cuerpo, para entregarlas a los "choros", como llaman a los presos.

Mi ingreso duró sólo segundos. La gendarme me advirtió que no podía pasar con chaleco negro. Los pantalones naranjos, la blusa en el tono y las hawaianas estaban perfectos, pero el color negro era prohibido. ¿La razón? Se considera un tono de fácil camuflaje.

¿Qué hacía con mi chaleco? Nadie estaba autorizado para guardarlo. Salí a la primera guardia y no me quedó otra que amarrarlo a una reja, a la entrada, asumiendo el riesgo de su muy probable desaparición. Pero ver el rostro del homicida de Paola valía más que un chaleco negro.

A esa altura mi ansiedad aumentaba, de modo que rehíce el camino casi corriendo hasta el sector de revisión.

La fila se había acortado y me correspondió entrar a la pieza con cortina, junto a una jovencita y su guagua. "Subirse la blusa, sacarse el sostén, bajarse los calzones", ordenó la gendarme, dando también indicaciones para la revisión del pequeño: "sacarle los zapatos, la ropa, el pañal".

Los gendarmes han descubierto que algunas mujeres incluso utilizan a los niños para ingresar entre sus pañales artículos prohibidos escondidos en los lugares más insospechados, me recordaba intentando justificar este trago amargo… y nuevamente me repetía que todo eso valía la pena con tal de ver el rostro del hombre que le había quitado la vida a Paola.

¿Sería capaz de mirar a los ojos o fijaría la vista al piso? ¿Pediría perdón? ¿Lloraría, como lo hizo su madre en forma histriónica según un fiscal? ¿O tal vez reaccionaría en forma violenta?

Preguntas que se me cruzaban al salir de esas dependencias y dirigirme a los módulos, de acuerdo a la indicación de la notoria señalética. Arturo Araya estaba en el 42, a una cuadra de distancia, calculé.

Una gruesa reja de fierro marcaba el principio del módulo, cuya puerta tenía un timbre con visor electrónico. Un gendarme respondió al llamado y, junto con abrir con una llave, me encaminó hasta el recinto de visitas, un amplio comedor donde presumía que podía estar el recluso.

¿Lo divisa?, preguntó el gendarme. Una voz me salvó de tener que reconocer que buscaba a alguien cuyo rostro jamás había visto personalmente. Otro reo preguntó: "¿A quién busca?" A Arturo Araya, me apresuré en responder.

"Ahí está", dijo, e indicó el fondo del comedor. Caminé con pasos decididos hasta el hombre del fondo.

Me miró a los ojos y los vi de un café deslavado, sin intensidad. Intenté leer, pero en ellos no había texto.

Impenetrables son los ojos de Arturo Osciel Araya Villalobos, condenado dos años y un mes después de sus crímenes a la pena única de presidio perpetuo calificado como autor de los delitos de violación con homicidio e incendio.

Con cuidada caballerosidad, extendió su mano para saludar y ofreció asiento antes de que me presentara. En ese mismo instante aludió a su aspecto:

—Disculpe, pero ando con buzo porque estaba trabajando.

El hombre se veía ordenado.

—**¿En qué trabaja?** —le pregunté.

—Hago muebles.

No era su metro setenta —una estatura promedio— lo que lo hacía parecer diferente a los otros reclusos. Se veía cortés. Bien peinado su pelo corto semicrespo, lucía una figura "fit", como dicen ahora a quienes tienen musculatura cuidada.

—Estoy en los 75 kilos. Estoy en mi peso. Hago ejercicio, juego a la pelota —me contó.

Hasta ahí todo iba sobre rieles. Me presentó a las dos personas que estaban en su mesa:

—Mi tía y su hija —me dijo, y noté que en ese instante esperó que yo me identificara.

—**Seguramente su madre le habló alguna vez de mí. Vine a entrevistarlo porque estoy escribiendo un libro sobre el incendio en Carrizal.**

Fijé mi vista sobre sus ojos, para medir la reacción.

Me devolvió una mirada indiferente. Sin perder su manera atenta, contestó:

—Yo ya respondí que no daría una entrevista. Lo hice a través de Gendarmería, cuando me vinieron a preguntar porque usted estaba solicitando audiencia.

—¿Por qué no quiere dar una entrevista?

—Porque estoy apelando a la condena y mi abogada me dijo que no debía hablar.

—¿Está apelando? Si el caso ya está cerrado.

—Es que soy inocente, yo no tengo por qué estar aquí. Si todo fue por culpa de unos policías…

Y comenzó a relatar el día en que lo tomaron detenido, un año después del crimen, cuando se encontraba con Herman, el amigo de la familia, "enllavado" en la pieza-bodega donde hacían dormir a Paola en casa de la cuidadora. Y después se duchó para "choferearle" al ciego Herman y ahí "los tiras me hicieron la encerrona", dice.

Le cuento que no es primera vez que llego a Huachalalume:

—Yo ya había estado aquí, buscándolo. Pero me dijeron que usted se encontraba castigado por tenencia de celular…

—Mire, ese celular no era mío. Yo justo estaba trabajando en el taller de muebles y con el ruido de las herramientas no escuché que todos se fueron. Y cuando fui a salir solo del taller sonó el celular y creyeron que era mío. Por eso me castigaron. Estuve un mes sin recibir visitas.

De repente lo sorprendí intercambiando miradas con unos gendarmes. Pidió disculpas por pararse de la silla y partió a hablar con el celador. Aproveché de preguntarle a la supuesta tía si era hermana de la madre de Araya. Me dejó perpleja cuando me dijo que no, que no era tía.

—Yo visitaba a un amigo de él acá y mi amigo una vez me lo puso al celular cuando estábamos hablando. Ahí nos hicimos amigos y empecé a venir a verlo.

No alcancé a indagar más detalles sobre esa extraña relación, cuando Arturo Araya regresó a la mesa.

—**¿Lo retó el gendarme?** —inquirí.

—No, pero no puedo darle la entrevista.

Sus ojos café tomaron un color oscuro. Miró con frialdad.

Pero aparte de hielo, no había nada: ni temor, ni rabia, ni incomodidad… menos arrepentimiento.

—**¿Tiene un pastor, un guía espiritual aquí en la cárcel?**

—No, no tengo ninguno porque sólo hay pastores católicos y yo soy evangélico.

—**¿Y alguna vez reza?**

—Sí.

—**¿Reza por Paola?**

—Sí.

Fue la primera y única vez que pronuncié delante suyo el nombre de la niña muerta. Manteniendo esa misma mirada impenetrable, me contestó:

—Le pido a Dios que descanse en paz. Yo le tenía cariño. Le voy a decir lo mismo que dije en el juicio oral: Si yo me encuentro con el que la mató, no me importa pagar diez años de cana y me incrimino.

—**¿Cómo hace usted para que los otros presos no lo ataquen, dada la acusación que se le hace?**

—Mire, aquí hay sicópatas, pero uno se entiende argumentando. Así que expliqué mi realidad y así me evité problemas.

Arturo Osciel Araya cumple 33 años el 24 de enero de 2015. Recién en 2051 podría optar a algún beneficio que le permitiera salir de Huachalalume. Entonces tendrá 69 y habrá vivido más de la mitad de su vida en prisión.

* * *

El camino de salida se me hace más largo.

Necesito respirar.

Algo de cierto tenían las palabras del fiscal cuando dijo que Araya dejaba un ambiente cargado, espeso, en su entorno.

¿Respondería el asesino de Paola al perfil de un sicópata?

Tomo un taxi y regreso a La Serena.

El mar está calmo, pero no logra apaciguar mi ansiedad y voy a encerrarme al hotel en busca de un texto específico. Leo: "El sicópata a menudo se muestra aplomado y cómodo en muchas situaciones que una persona corriente se vería tensa y temerosa".

Examino más bibliografía: "La mente criminal de un sicópata puede razonar coherentemente, pero con un razonamiento que parte de premisas falsas. Su modo de ver el mundo difiere del de la mayoría y no puede aceptar las reglas de convivencia, prefiriendo respetar sólo sus propios códigos. Un sicópata es egocéntrico, sin empatía hacia los demás, e incapaz de sentir remordimiento o culpa".

Recién entonces veo el rostro del condenado.

La historia en imágenes

*Esta fotografía de Paola es una de las pocas imágenes
que sus padres conservan de ella.*

*Luego de la muerte de Paola, la familia Pacajes Canqui continuó
viviendo en la población "Los Minerales", en Copiapó.*

*En esta feria de Copiapó, en la Avenida Circunvalación,
se conocieron Paola y la guardadora, Leonor Villalobos,
quien tiene un puesto de verduras.*

*Un curioso letrero de advertencia da la bienvenida
a los automovilistas que llegan a Carrizal Bajo.*

Muchos de los habitantes de Carrizal Bajo recuerdan a Paola,
pero ninguno dice haberla visto disfrutando de la playa
ni de sus cristalinas aguas.

La muerte de la niña interrumpió la calma que caracteriza
a esta caleta de pescadores situada a tres horas de Copiapó.

*Una animita en memoria de Paola Pacajes Canqui se emplaza
fuera de la vivienda donde ocurrió el incendio.*

Estado en que quedó la habitación donde dormía Paola.

El fuego actuó con agresividad y rapidez.

El candelabro que habría iniciado el incendio.

La alcaldesa de Mar, Magaly Salinas.

Delia Riquelme, quien dormía en la misma habitación que la niña,
logró huir de las llamas.

Cronología en la historia de los Pacajes Canqui

Es el año 2009 y los Pacajes Canqui están viviendo en Copiapó. Mery Canqui decide viajar a Bolivia en busca de los papeles de identidad de sus hijos, para regularizar su situación en Chile. Viaja con la menor de sus hijas, Mirza; con Carlos y con Mariela. En Copiapó queda Paola, en casa de un primo de Simón Pacajes, y luego llega Mariela a la misma vivienda. Pasan unos meses, y el 17 de diciembre de ese año Mery Canqui regresa a su hogar. Esa noche, casi de madrugada, llama a Carabineros...

2009

18 de diciembre: A las 00:30 horas, Carabineros recibe una denuncia de Mery Canqui por la violación de su hija Mariela. El autor sería el primo que vivía en la casa donde la dejó encargada.

23 de diciembre: Ingresa a la Oficina de Protección de Derechos de la Infancia (OPD), mediante derivación del Sename, una denuncia efectuada por el director del Colegio Vicente Sepúlveda Rojo. El director, Germán Valderrama, señala que los niños de Mery Canqui no han terminado el año escolar debido a reiteradas inasistencias e incumplimientos de tareas escolares. Añade que la madre se ausentaba por largos periodos debido a viajes a Bolivia, por lo cual Mariela se encontraba parentalizada ya que debía cuidar a sus hermanos menores.

23, 24, 28 y 31 de diciembre: Visitas de las asistentes de la OPD a casa de los Pacajes. Las funcionarias informan que Mery Canqui ha sido negligente en el cuidado de sus hijos.

2010

---

4 de enero: Visitadoras de la OPD van a la casa de Leonor Villalobos. La entrevistan y ella les cuenta que Paola Pacajes, de apenas 8 años, andaba recogiendo alimentos y pidiendo en la feria. Que le dio lástima y la llevó a vivir a su casa para darle protección, según el informe de la asistente social Shirley Balcázar y de la psicóloga Beatriz Rojas.

4 de enero: La OPD solicita una medida de protección para los niños de Mery Canqui.

4 de enero: Mariela, Carlos y Mirza ingresan al hogar de menores de edad "Centro Manantial".

5 de enero: Se realiza la primera audiencia cautelar por medida de protección en el tribunal de Familia de Copiapó. El tribunal decretó el ingreso de los niños al Centro Manantial, de Copiapó, y que Paola se mantuviera a cargo de Leonor Villalobos porque "se encuentra en adecuadas condiciones morales, sociales e higiénicas", de acuerdo a antecedentes entregados por la OPD. La curadora *ad litem* Marcela Laguna apoya que los niños ingresen al Centro Manantial por encontrarse en situación de riesgo.

Mery Canqui dice en el tribunal que se opone a la medida cautelar y que quiere que los niños sigan con ella. Preside la sala María José Hernández Soto, juez titular Juzgado de Familia.

13 de enero: Informe situacional de Paola. La psicóloga Beatriz Rojas y la trabajadora social de la OPD de la Infancia de la Municipalidad de Copiapó, Shirley Balcázar Valderrama, informan que el 8 de enero de 2010 visitaron la casa de Leonor Ester Villalobos Alday. Ella se encuentra al cuidado de Paola desde hace tres meses (desde octubre 2009), "momento en que la niña se encuentra en riesgo social y en situación de vulneración de derechos cada vez que asiste a las ferias libres junto a otro adulto también de nacionalidad boliviana a pedir dinero y alimento en las peores condiciones de salud, según el relato de doña Leonor, debido a que su madre se marcha a Bolivia dejando a sus hijos al cuidado de un tercero".

Añade el informe que "el dormitorio que utiliza Paola se encuentra en buenas condiciones de habitabilidad, cuenta con implementos adecuados para la estadía, descanso, entretención, como también se visualiza orden, higiene y ornato.

"De otro lado, en la entrevista a doña Leonor, se observa una mujer muy protectora, en donde entrega la seguridad que necesita la niña, además de constituir una figura significativa y con estrechez en el vínculo afectivo, en donde Paola la llama mamita Leo", relata la dupla en un detallado informe para ser presentado en el Tribunal de Familia de Copiapó.

14 de enero: Audiencia preparatoria de medida de protección. El fundamento es la "negligencia por parte de la madre". La curadora *ad litem* manifiesta intención de que el proceso se lleve a juicio y que se mantengan las medidas cautelares decretadas el 5 de enero. Se deja constancia que la señora Leonor Villalobos manifiesta su voluntad de mantener el cuidado personal de Paola. El Juez Andrés F. Ramos Parra, titular del Juzgado de Familia de Copiapó, resuelve que se mantengan las medidas decretadas en audiencia del 5 de enero.

26 de enero: Audiencia especial de medida de protección. La magistrada Edith Herrera Moya resuelve que como Mery Canqui no ha entregado antecedentes que acrediten que su preocupación ha sido constante y permanente en el tiempo desde que Paola está con Leonor Villalobos, y en vista de que Leonor se ausentará entre el 1 de febrero y el 28 de febrero porque irá a Carrizal Bajo con la niña, siendo factible que Mery la visite allá, se autoriza la salida de Paola a Carrizal Bajo con Leonor.

15 de febrero: La Policía de Investigaciones informa sobre los viajes de Mery Canqui a Bolivia. En 2009 sale el 11 de abril y vuelve el 19 de ese mes. Luego parte a Bolivia el 31 de octubre y vuelve el 5 de noviembre.

3 de marzo: Se fija fecha para la realización de la audiencia de juicio para el 15 de marzo de 2010. Resuelve la jueza Macarena Navarrete González.

8 de marzo: Se reprograma la audiencia de juicio para el 28 de abril. Dicta resolución la jueza María José Hernández Soto.

28 de abril: Audiencia de juicio de medida de protección. La jueza Pamela de la Peña Salazar dictamina que Mariela, Carlos y Mirza permanecerán en el Centro Manantial y que Paola quedará bajo la responsabilidad de Leonor Villalobos Alday. Esto es por el plazo de un año, que puede ser renovable si se mantienen las condiciones de los niños. Se aprueba que los sábados y domingos de cada semana Mery y Simón retiren a Paola de la feria donde trabaja Leonor.

4 de mayo: El Programa de Intervención Breve (PIB) "Horizonte" señala que no hay cupo para hacer intervención a Paola y Mariela y que podrían ingresar el 2 de agosto del 2010. Firma Jenny González Poblete, directora del PIB.

4 de mayo: La jueza Macarena Navarrete González resuelve que mientras se produce el cupo en el PIB Horizonte, las

niñas Paola y Mariela ingresen a la Oficina de Protección
y Derechos de la Infancia (OPD) a fin de que ésta realice un control social e informe a ese tribunal en forma
bimensual hasta la fecha de su ingreso al PIB.

8 de julio: El PIB Horizonte informa que el 1 de julio se
hizo efectivo el ingreso formal de las hermanas Paola y
Mirza Pacajes. Se lo envía a la jueza Pamela de la Peña
Salazar.

26 de julio: Informe situacional de la OPD, donde estipula
sobre Leonor Villalobos: "La profesional que suscribe
(Shirley Balcázar Valderrama, trabajadora social) ha
realizado eventos de visita domiciliaria a la casa habitación de la actual cuidadora de la niña Paola Pacajes
y entrevistas sociales, doña Leonor Villalobos, quien
se encuentra ejerciendo el cuidado responsable de la
niña, cumpliendo un rol de educador, protección y de
mantención económica, a pesar de los $20 mil que entregan los padres de la niña. En las visitas domiciliarias
se encuentra Paola Pacajes, quien manifiesta la estabilidad y protección que le entrega su actual cuidadora.
Asimismo, el grupo familiar entrega un trato amable
haciéndola sentir parte de la familia. La habitación que
ocupa presenta los enseres y mobiliario suficiente para
la satisfacción de sus necesidades básicas, ya que en su
domicilio anterior junto a su madre no los poseía".

26 de julio: Shirley Balcázar contacta al director de la
Escuela Vicente Sepúlveda Rojo, Germán Valderrama,
quien informa que Paola asiste normalmente a clases con

buenas calificaciones. También informa que los papás de la niña fueron al establecimiento a ver a su hija. Sin embargo, sostiene que no accedió a la petición de sus padres, por lo cual requirió ser informado de la causa existente en el Tribunal de Familia.

30 de julio: La jueza Macarena Navarrete González, del Tribunal de Familia de Copiapó, cita a las partes a una audiencia de revisión de medida para el 19 de agosto de 2010.

19 de agosto: La juez titular de Familia de Copiapó, María José Hernández Soto, establece que se mantiene la medida de protección sobre los niños, fijándose una audiencia de juicio para el día 8 de septiembre de 2010. La jueza pide un informe del Centro de Atención de Víctimas de Delitos Violentos para averiguar si se hizo el proceso reparativo en Mariela y si dicho proceso se vería afectado por el acercamiento de la niña al lugar de residencia de su familia de origen, cuestión que manifestó como alarmante la asistente social Shirley Balcázar. Por último, establece que la relación directa y regular se realizará en el Centro Manantial bajo la supervisión del PIB Horizonte.

8 de septiembre: La jueza titular de Familia, Jasna Pavlich Núñez, dice que "no contando con informes actualizados tanto del PIB Horizonte, el Centro Manantial y del CAVI, fija una audiencia de revisión de medida para el 10 de noviembre. Y que se deja sin efecto la audiencia confidencial (con Mariela y Paola) que se había decretado en la audiencia del 19 de agosto, a fin de evitar una posible re victimización".

15 de septiembre: La juez titular María José Hernández Soto, del Juzgado de Familia de Copiapó, da por iniciado el proceso de cumplimiento de la medida de protección decretada en la causa.

21 de septiembre: La OPD solicita al tribunal ordenar el egreso de Paola Pacajes, ya que el control de ese equipo debía realizarse antes del ingreso al PIB Horizonte y actualmente la niña ya está siendo tratada en dicho PIB. La magistrada Jasna Pavlich resuelve que el consejo técnico del tribunal entregue su opinión y que la notifique a la curadora *ad litem*.

27 de septiembre: Macarena Navarrete González, juez titular del Juzgado de Familia de Copiapó, resuelve: "A la solicitud efectuada por doña Verónica Álvarez Muñoz, abogada de don Simón Pacajes Quispe, no ha lugar a lo solicitado (que Paola deje de estar al cuidado de Leonor y esté con sus hermanos en el Centro Manantial, para poder verla sin tanto problema).

1 de octubre: El Informe del Proceso, de programa del PIB Horizonte, consigna que Simón, padre de Mirza y Paola, desea participar de la intervención en el PIB Horizonte y que asegura que hará todo para poder recuperar a sus hijas.
Se realizan las coordinaciones entre el Centro Manantial, los padres y la cuidadora de Paola para que aquellos

realicen las visitas de Paola todos los viernes de 15 a 18 horas.

La profesional, Gladys Ariela Hube, acude a la casa de Leonor y ve en el patio a Paola con las manos en una batea lavando ropa, con ropa y zapatos mojados, usando una polera manga corta siendo ya tarde en invierno. La asistente social le dice a la cuidadora que esas nos son labores para una niña, a lo que responde que ella le está enseñando a realizar labores de mujeres.

En una evaluación psicóloga a Paola, la niña refiere que desea vivir con sus padres, pero siempre y cuando no la vuelvan a abandonar.

Gladys Ariela Hube Garcés, asistente social, y Carolina León Olivares, psicóloga, sostienen en un informe que: "El discurso de la niña ha cambiado, logrando pesquisar una manipulación por parte de la señora Leonor hacia Paola en contra de sus progenitores, ya que actualmente se visualiza un fuerte vínculo entre Paola, sus padres y sus hermanos, debido a que la psicóloga y la trabajadora social han supervisado las visitas en el hogar Manantial los días viernes, en donde se puede observar la dinámica que se genera entre el grupo familiar, siendo ésta positiva".

5 de octubre: La Jueza María José Hernández Soto resuelve el téngase presente la audiencia de revisión de medida. Manténgase en el intertanto lo resuelto y continúese el trabajo de revinculación efectuado.

5 de octubre: El PIB Horizonte entrevista a Paola para indagar el vínculo que mantiene con la señora Leonor. Paola señala que la señora Leonor es buena con ella, que la trata bien, la cuida y que además le enseña cosas del colegio, manifestando que no tiene ninguna dificultad con su cuidadora.

La niña menciona que "está muy asustada porque vio al agresor de su hermana en el colectivo, señalando que tiene miedo de salir sola a la calle. Refiere que desea ingresar al Centro Manantial para estar junto a sus hermanos y así poder ver a sus padres sin ningún tipo de obstáculos".

3 de noviembre: El Informe del Proceso del PIB Horizonte sostiene que "el vínculo existente entre los miembros de la familia es positivo, siendo expresivos en demostrar afecto, respeto y cariño. De igual forma, la pertenencia familiar que se visualiza provoca en las niñas un estado de tristeza general que las deprime cada vez que terminan las visitas. En cuanto a los padres, ambos se han comprometido a participar en el proceso de intervención. Las tres hermanas se encuentran asistiendo regularmente a clases, no manifestando problemas de comportamiento, rendimiento o riesgo de perder el año escolar".

En el informe el PIB sugiere **"ingresar a Paola al Centro Manantial debido a que la niña refiere explícitamente querer estar junto a sus hermanos, además resulta beneficioso para el desarrollo personal de las niñas permanecer juntas en pro de mantener y fortalecer el vínculo fraternal. De igual forma, la intervención se ha visto dificultada por la permanencia de Paola en el hogar de la señora Leonor"**. Firman el documento Gladys Ariela Hube Garcés, trabajadora social, y Carolina León Olivares, psicóloga.

4 de noviembre: Se da lectura del informe en la audiencia decretada. Resolvió Jasna Pavlich Núñez, jueza del juzgado de familia de Copiapó.

9 de noviembre: Entrevista de la psicóloga Lidia Carolina León con la cuidadora de Paola. Leonor comenta que "se encuentra preocupada ya que Paola hace un par de días está triste y alterada, señalando que es porque hay audiencia y ella está indecisa de si quedarse con la cuidadora o irse al hogar con sus hermanos. La cuidadora refiere que ella quiere quedarse con Paola pero que está aburrida de los problemas con su madre y con Manantial, así que **prefiere desistir de su cuidado e irá a tribunales a solicitar que ya no puede cuidarla**". La psicóloga le explica que debe decidir a la brevedad si quiere seguir haciéndose cargo de Paola o no.

9 de noviembre: Lidia Carolina León, psicóloga, entrevista a Paola para dilucidar lo que realmente desea la niña. Paola comenta que se encuentra indecisa, que ya no quiere irse al Centro Manantial porque sus hermanos no la quieren, que va a extrañar a la señora Leonor y además que no la llevarán a la iglesia porque ella es hermana y está tomada de la mano de Dios y no quiere dejar de ir a la iglesia. León le asegura "no vamos a permitir que nada malo le pase, que la decisión que ella tome será lo correcto".

10 de noviembre: Acta de Audiencia de Revisión de Medida de Protección. El juez Andrés Ramos Parra resuelve mantener la medida de protección a las niñas. Además modifica la relación directa y regular de los padres con sus hijos, que deberá continuar en el Centro Manantial los días sábados de cada semana. Además, a fin de fortalecer la vinculación de Paola con sus hermanos que se encuentran en residencia, se autoriza efectuar visitas de la niña a sus hermanos en dependencias de Centro Manantial.

23 de noviembre: Evaluación Psicológica a Paola. "Paola presenta temores frecuentes relacionados a haber vivenciado una situación de abandono y al hecho de presenciar actos violentos. En el último tiempo, alrededor de un mes, está presentando miedos excesivos a situaciones u objetos que son injustificados, agitación motora, abulia, deterioro de la voluntad de actuar que se traduce en indecisión y en sentimiento de impotencia, falta de ánimo ya sea por razones externas e internas del individuo, falta de autoestima".

"En cuanto al vínculo con su cuidadora, es de tipo simbiótica codependiente, basada en una relación patológica, marcada por la constante necesidad de aprobación de su cuidadora, en donde se limita su autonomía y su opinión personal, dificultándose el desarrollo sano de la niña. Se puede inferir que Paola no ha logrado adaptarse satisfactoriamente a la dinámica familiar existente en el hogar de la señora Leonor, desarrollando elevados niveles de ansiedad al ser evaluada por la cuidadora, observando conductas ansiosas y de temor injustificado hacia ella, tendiendo a ser conciliadora entre los conflictos y a desarrollar sintomatología depresiva al ser separada de su familia de origen".

El informe firmado la psicóloga Lidia Carolina León Olivares añade que "Paola demanda un contacto frecuente entre sus hermanos y sus padres, generando respuestas ansiosas al ser separada de su familia, es por ello que la niña presenta signos y síntomas que dan cuenta de un trastorno ansioso. Da cuenta de un trastorno actual adaptativo el cual se presenta por síntomas de angustia, abulia, estado de ánimo deprimido y contención".

25 de noviembre: La consejera técnica Danitza Martínez Cuadra deja constancia que ese día se presentaron ante ella las profesionales del PIB Horizonte Gladys Ariela Hube, Carolina León Olivares y Paulina Penna, la señora Mery Canqui y la niña Paola Pacajes Canqui. Le expusieron que la niña presentó un episodio de angustia en el colegio, por lo que la profesora llamó a la madre para que fuera a verla, y le permitió retirarla del establecimiento. Luego la madre y la hija recurrieron al tribunal porque Paola Pacajes desea ser ingresada al Centro Manantial junto a sus hermanos.

26 de noviembre: El Informe Situacional del PIB Horizonte consigna que el 25 de noviembre Paola se encontraba nerviosa, por lo que le dice a su profesora jefe que necesitaba ver a su madre y hermanos con urgencia, refiriendo que los extrañaba. La profesora le entrega la niña a Mery. A su vez se realiza llamado telefónico a señora Leonor, para informarle, quien responde que se encuentra en la ciudad de Santiago.
Se realiza coordinación con consejo técnico quien deja constancia e informa al curador *ad litem* lo antes mencionado.

La trabajadora social del PIB Horizonte, Gladys Hube, acude a entregar a Paola al domicilio de señora Leonor. Las atiende su hija Vanessa. Se observa que el dormitorio real de Paola no es el mismo que en un comienzo mostró Leonor Villalobos. La niña duerme en un cuarto ubicado en el patio trasero, construido con material ligero y poco seguro, con agujeros en el techo, muros y puerta. Hube toma una foto del cuarto. Al finalizar la visita, presencia conducta de cuestionamiento y castigo verbal de Vanessa hacia la niña.

26 de noviembre: Leonor acude al PIB Horizonte y expone su intención de terminar con el cuidado provisorio de Paola, aludiendo que no quiere seguir responsabilizándose de la niña ya que no tiene ningún parentesco, agregando que debido a su trabajo no tiene tiempo para preocuparse siempre del cuidado de la niña, teniendo que dejarla al cuidado de terceros, asimismo no pudiendo participar de las intervenciones programadas por el PIB Horizonte. Las asistentes sociales Gladys Ariela Hube Garcés y Paula Penna Luco, y la piscóloga Carolina León Olivares piden a Tribunales: "Respecto de los nuevos hechos acaecidos, se solicita respetuosamente a Usía resolver a favor de los derechos de la niña Paola Pacajes Canqui, frente a los antecedentes expuestos en este informe".

29 de noviembre: La jueza Pamela de la Peña Salazar resuelve que, "atendido el tenor de lo informado por la compareciente doña Leonor Villalobos (que se quejó porque la trabajadora social Gladys Hube fue a visitarla) pasen los antecedentes al miembro del consejo técnico de este tribunal, a fin que indague el motivo por el cual el PIB efectúa control social a la solicitante. Si éste se encuadra dentro del plan de trabajo o si fue sugerido por alguna persona o institución determinada; que se le haga presente al PIB las diversas resoluciones del tribunal en cuanto al cuidado provisorio de la niña, las implicancias que su intromisión en contrario podrían generar y se pronuncie acerca de la pertinencia de modificar el programa a cargo de la intervención decretada el 28 de abril de 2010 y finalmente obtener información acerca de la efectividad de haber obtenido las profesionales del centro registros fotográficos del inmueble de la solicitante, sin su autorización y en su caso la autorización firmada de la solicitante de dicha diligencia".

1 de diciembre: La consejera técnica Danitza Martínez Cuadra opina que "se observa un sesgo de las profesionales que intervienen en cuanto a su interés por que la niña sea ingresada al Centro Manantial, utilizando para ello estrategias que no se condicen con la ética profesional, como es obtener una foto (de la pieza donde realmente dormía la niña) sin permiso de la dueña de casa". Por ello, la consejera sugiere sacar a Paola de la intervención del PIB Horizonte y derivarla a otro centro junto con su familia de origen y de acogida.

10 de diciembre: Paula Penna sostiene en un informe que la "señora Leonor explica que Paola ha sido promovida de curso, además que su comportamiento es adecuado en el hogar. Explica que hoy ya no desea hacerse cargo de la niña y que en próxima audiencia la entregará. Se acuerda visita domiciliaria la primera semana de enero".

2011

---

3 de enero: Informe de Proceso del Programa de Intervención Breve Horizonte. La asistente social Paula Penna Luco está a cargo del caso. Se entrevista a la directora del Centro Manantial, quien asegura que la madre de las niñas se encuentra cumpliendo con el régimen de visitas. Sin embargo, se generan complicaciones respecto al horario de llegada de Paola al Centro, ya que no se está cumpliendo con lo acordado, que incluía la llegada de la niña los días domingo a las 11 horas.

5 de enero: Según un informe de Paula Penna, Paola manifiesta querer estar con sus hermanos. Leonor Villalobos cambia de opinión y sostiene que no quiere entregar el cuidado de la niña y que desea seguir haciéndose cargo. Se refuerza el vínculo entre Paola y sus hermanos.

5 de enero: A la solicitud de fecha 30 de diciembre de 2010 y considerando que puede resultar beneficioso para la niña Paola salir de vacaciones con su actual guardadora doña Leonor, Pamela de la Peña Salazar, juez titular del Juzgado de Familia de Copiapó, resuelve: "Que se autoriza la salida de la ciudad de Copiapó a la localidad de Carrizal Bajo, de la niña Paola Pacajes Canqui con su actual guardadora doña Leonor Ester Villalobos Alday, a contar del día 8 de enero de 2011 hasta el 28 de febrero de 2011, asumiendo la obligación de regresar a la ciudad de Copiapó para la audiencia de fecha 20 de enero de 2011, audiencia en la que se podrá revisar la presente autorización. Conforme con lo resuelto se suspende la relación directa y regular de la niña con sus padres, durante el periodo que se encuentre fuera de la ciudad de Copiapó.

17 de enero: Se realiza visita domiciliaria en Carrizal Bajo, donde se encuentran Paola y su cuidadora. Paula Penna y su acompañante informan que la niña se encuentra en condiciones aptas para permanecer en el lugar, cubriendo todas sus necesidades básicas.

20 de enero: Se efectúa la audiencia de revisión de la medida de protección. La jueza Macarena Navarrete González resuelve:

1. Se mantiene la medida de protección de internación de los niños Mariela Ayaviri Canqui, Carlos Ayaviri Canqui y Mirza Pacajes Canqui en el Centro Manantial de Copiapó, por el término que se decretó en la sentencia que se revisa en este acto (un año).
2. Se mantiene el cuidado personal de Paola a su actual guardadora doña Leonor.
3. Se mantiene la medida de protección en cuanto a la intervención del Programa de Intervención Breve Horizonte, sin perjuicio de lo que se ordenará posteriormente a la inspección personal que realizará el Tribunal, entre los días 7 y 11 de marzo de este año, la cual se coordinará con miembro del consejo técnico, la curador *ad litem* y apoderados.

4. A fin de fortalecer la vinculación de la niña Paola con sus hermanos que se encuentran en la residencia, se modifica la visita de la niña a sus hermanas en dependencias del Centro Manantial en los horarios y días, los cuales serán sábados, domingos y festivos desde las 13 horas hasta las 20 horas, debiendo ser trasladada a la residencia por la guardadora, garantizando la residencia su alimentación.

Como medida excepcional en atención a que la niña se encuentra en Carrizal Bajo en el periodo de vacaciones, hasta el mes de febrero del año en curso, se decreta una visita de la niña con sus hermanos en el mes de febrero, desde el día 10 hasta el 14, debiendo la guardadora trasladar y retirar a la niña de la residencia. La niña pernoctará en la residencia, junto a sus hermanos, sin que ello signifique la adopción de la medida de ingreso a la residencia. Los intervinientes quedan notificados personalmente de todo lo obrado por encontrarse presentes".

28 de febrero: Incendio en Carrizal Bajo. Muere Paola Pacajes Canqui el mismo día en que la jueza le había fijado la fecha de regreso de sus vacaciones, a Copiapó. Nunca llegó a concretarse la visita inspectiva que había instruido la jueza Macarena Navarrete a la casa de Leonor Villalobos Alday, que dejó fijada para el 11 de marzo de 2011, a las 15:15 horas.

La consejera técnica Danitza Martínez deja constancia que esa mañana la llamó la directora del Centro Manantial, Aurora Barrios, informándole que había recibido un llamado telefónico de Carabineros. Le pedían antecedentes de Paola Pacajes porque donde la niña se encontraba se produjo un incendio y había una menor muerta; temían que pudiera ser ella.

2 de marzo: La jueza Macarena Navarrete autoriza el retiro del cadáver de Paola desde el Servicio Médico Legal de Vallenar.

4 de marzo: Mery y Simón realizan los funerales de su hija en Arica, a donde viajan con sus hijos Mariela y Carlos.

24 de mayo: Tres meses después del incendio, la jefa de la Unidad Regional de Atención a Víctimas y Testigos (URAVIT) de Copiapó, Patricia Contreras, y la psicóloga de URAVIT Paola Herrera, decidieron pedir ayuda a la Fundación Amparo y Justicia.

27 de mayo: La Fundación Amparo y Justicia presentó la primera querella criminal contra quienes resultaran responsables del delito de violación con homicidio. Fue la primera entidad que habló de homicidio.

12 de julio: La jueza María José Hernández Soto resuelve el egreso de Carlos del Centro Manantial y la salida flexibilizada de Mariela y Mirza; partirán yendo a la casa de sus padres los fines de semana, para terminar viviendo con ellos en un plazo a definir.

Noviembre: Le realizan exámenes a Arturo Araya, hijo de Leonor Villalobos. Entre ellos, una muestra de ADN.

10 de noviembre: El Servicio Nacional de Menores (Sename) presenta querella pero no por homicidio, sino por incendio con resultado de muerte.

15 de diciembre: La Policía de Investigaciones detiene Arturo Osciel Araya Villalobos, casi 10 meses después del incendio. Fue formalizado por violación con homicidio e incendio calificado en lugar habitado. Esto, tres días después de conocerse el resultado del ADN.

2012

12 de abril: Egreso definitivo de Mariela y Mirza del Centro Manantial. Desde entonces viven con Mery Canqui y Simón Pacajes. Y el 12 de julio de 2012 cesa la medida de protección decretada para los hijos de Mery.

14 de septiembre: El fiscal de Freirina presentó la acusación contra Arturo Osciel Araya, a la que luego adhirieron Fundación Amparo y Justicia y el Sename.

19 de noviembre: Audiencia de preparación del juicio oral.

2013

17 de enero: La Fundación Amparo y Justicia patrocinó a Mery Canqui, quien presentó una querella criminal ante la jueza de garantía de Copiapó, por el delito de lesiones graves, en contra de Leonor Villalobos Alday, en causa Rol Único número 1310001847-5… "y por cualquier otro ilícito que resulte comprobado en la investigación, cometido en contra de mi hija Paola Yeny Pacajes Canqui", por atentar contra todos sus derechos de infancia, manteniéndola como una sirvienta y en condiciones de desnutrición.

23 de enero: Los Jueces del Tribunal Oral de Copiapó determinaron que Arturo Osciel Araya Villalobos, autor de la violación y homicidio de Paola Pacajes, deberá cumplir 40 años efectivos de cárcel luego de ser declarado culpable en este caso, además de ser responsable del delito de incendio. Por primera vez se aplicó en la región la cadena perpetua calificada. Para la determinación final de la pena fue relevante la concurrencia de la agravante de alevosía en la violación con homicidio; circunstancia invocada por la Fundación Amparo y Justicia, querellante en representación de la familia de Paola.

Una niña boliviana llega con su familia a la ciudad de Copiapó en busca del sueño de la abundancia por el auge minero.

Los ojos de la pequeña recorren esa zona nortina asomados desde la manta que cubre la espalda de su madre aymara. Su mirada no alcanza a observar la región pujante de oportunidades y de cambios. Por el contrario, la niña comienza a experimentar todas las formas de abuso que puede sufrir una pequeña inmigrante.

Hay señales del peligro que corre y, aun así, el mundo adulto y las instituciones parecen ignorarlo.

Hasta que ocurre la tragedia.

Esta es una historia real, reporteada en el lugar donde ocurrieron los hechos y con sus testigos. Es también un viaje hacia el alma de Paola, enfrentada a un sistema que intentó protegerla y que terminó robándole la vida.

Este libro destapa el drama que vive el Chile de hoy: la escasa capacidad de las instituciones para proteger y defender a los niños, niñas y adolescentes víctimas de abusos y maltrato.

EDICIONES UC

www.ingramcontent.com/pod-product-compliance
Lightning Source LLC
Chambersburg PA
CBHW022012170726
47994CB00026B/3175